AF306824

Owen Harper ist das Pseudonym von Axel Täubert. Aktuell ist er Head of Start-ups bei Google, Rapper im Ruhestand und SPIEGEL Bestseller Autor. Vor seiner aktuellen Rolle war er Head of Top Creators bei YouTube. Schon in jungen Jahren hat er mehrere Unternehmen gegründet und begleitet mittlerweile diverse Start-ups als Business Angel. Als Autor von Kinderbüchern widmet er sich modernen Themen wie Gaming, Künstliche Intelligenz, Start-ups und der Digitalisierung von Bildung.

OWEN HARPER

BATTLE GROUNDS

DU BIST DAS SPIEL

Erstausgabe Mai 2024

Copyright © 2024 dp Verlag, ein Imprint der
dp DIGITAL PUBLISHERS GmbH
Made in Stuttgart with ♥
Alle Rechte vorbehalten

Battlegrounds

ISBN 978-3-98998-098-3
E-Book-ISBN 978-3-98778-980-9

Covergestaltung: ArtC.ore Design / Wildly & Slow Photography
Umschlaggestaltung: ArtC.ore-Design
Unter Verwendung von Abbildungen von
stock.adobe.com: © kept, © Tanu, © Halim Karya Art
shutterstock.com: © BERNATSKAIA OKSANA, © atk work
Lektorat: Katrin Gönnewig
Satz: dp DIGITAL PUBLISHERS GmbH
Druck und Bindung: Books on Demand GmbH, Norderstedt

Wir steuern sie, wir laufen, rennen und hüpfen mit ihnen. Wir kleiden sie ein und verpassen ihnen Frisuren. Wir lassen sie springen, schießen und sterben. Immer und immer wieder. Und wir gehen davon aus, dass sie nichts davon merken.

Aber was, wenn sie all das am eigenen Leibe miterleben und für sie real wäre? Was wäre, wenn sie Angst hätten, Schmerz empfänden und wüssten, wer ihnen das antut? Was würde passieren, falls Avatare einen eigenen Willen entwickeln? Und was treiben sie eigentlich in der Zeit, in der wir nicht mit ihnen spielen?

Lasst es uns herausfinden!

Kapitel 1 – Jump

Das Dröhnen war ohrenbetäubend. Doch um ihn herum war es zu dunkel, als dass Paxton hätte erkennen können, woher es stammte. Das Vibrieren unter seinem Sitz ließ ihn vermuten, dass es von einem Motor stammte. Irgendetwas rüttelte den fensterlosen Raum und ihn gehörig hin und her. Ob er an Bord eines Schiffes war – womöglich auf hoher See? Nur langsam gewöhnten sich seine Augen an das schummrige rote Licht, das seine Umgebung in Blut zu tauchen schien.

»Höhe zehntausend Fuß. Sechzig Sekunden bis Absprung«, knarzte eine blecherne Stimme aus dem Lautsprecher über Paxtons Kopf. Wahrscheinlich befand er sich doch eher an Bord eines Flugzeugs. Eins war jedoch absolut sicher – er würde nirgendwohin abspringen.

Neben sich hörte er ein leises Schluchzen. Dort saß ein asiatisches Mädchen in eng anliegendem Top, kariertem Minirock und weißen Kniestrümpfen. Paxton kam nicht umhin, auf ihre prallen Brüste zu schielen.

»Nicht schon wieder!«, jammerte sie mit den Händen vor den Augen. »Ich will nicht sterben.«

»Niemand wird sterben!«, entgegnete Paxton in dem Versuch, das Mädchen, aber vor allem sich selbst, zu beruhigen.

»Reingefallen!«, rief sie und öffnete die Handflächen vor ihrem Gesicht wie zwei Fensterläden. »Wir machen sie fertig.«

Bevor Paxton fragen konnte, wen und warum, rief ihm jemand derart direkt ins Ohr, dass er vor Schreck zusammenzuckte: »Hey, Noob!« Paxton wandte sich zur anderen Seite, doch der Kerl neben ihm starrte stur geradeaus.

»Hier drüben!«, ertönte die Stimme, die unmöglich von seinem Sitznachbarn stammen konnte, der die Lippen keinen Millimeter bewegt hatte. Es sei denn, er war Bauchredner. Paxton blinzelte in die Finsternis und erkannte einen muskelbepackten dunkelhäutigen Kerl in Tarnfleckhose, Springerstiefeln und einem schwarzen T-Shirt. Täuschte er sich, oder war auf seinem Oberteil ein silberfarbenes Brathähnchen aufgedruckt?

»Ich bin Joe«, sagte der Hüne mit Stimmbruch-Stimme und einem breiten Grinsen. Dabei zeigte er mit dem Finger auf ein Headset an seinem Ohr. »Dein erstes Mal?«

Paxton ertastete einen Kopfhörer in seiner Ohrmuschel und entgegnete: »Mein erstes Mal was?« Er hatte keine Ahnung, in was er hier hineingeraten war. Er konnte sich ja nicht einmal daran erinnern, in das Flugzeug gestiegen zu sein. Mittlerweile hatten sich seine Augen an die dürftige Beleuchtung gewöhnt. Paxton sah sich argwöhnisch um. Links und rechts von Joe saßen Dutzende Männer und Frauen in unterschiedlichsten Outfits auf notdürftigen Sitzen. Neben Paxton bot sich zu beiden Seiten das gleiche Bild. Er befand sich anscheinend in einer Militärmaschine. War er etwa

Soldat? Falls ja, hatte er seine Musterung, Einschreibung und Grundausbildung anscheinend verpennt.

»Dein erster Sprung, meine ich«, erklärte Joe, während er die Gurte seines Fallschirmgeschirrs straffte. »Häng dich einfach an meine Fersen! Solange wir zusammenbleiben, haben wir eine Chance.«

Das klang nicht sonderlich aussichtsreich, fand Paxton. Er sah an sich herab und wusste nicht, ob er erleichtert oder entsetzt sein sollte. Jemand hatte ihm das gleiche Geschirr inklusive Sitzgurt umgeschnallt. Der Klumpen in seinem Rücken war höchstwahrscheinlich sein eigener Fallschirmrucksack. Moment! Beim zweiten Hinsehen bemerkte Paxton, dass er außer einer Unterhose aus weißem Feinripp keinerlei Klamotten trug. WTF? Spätestens jetzt war er vollkommen entsetzt.

»Na, da hatte wohl jemand keine G-Coins für Skins!«, erklang eine andere Stimme, die sich anhörte, als würde man ein Reibeisen über eine leere Kokosnuss ziehen. »Schaut euch diesen Newbie an!« Drei Plätze links von Joe krümmte sich ein Typ vor Lachen. Mit seiner Sonnenbrille und dem schwarzen Kapuzenledermantel glich er Neo aus Matrix. Das Outfit wirkte zwar völlig fehl am Platze, aber Paxton hätte es sofort gegen sein eigenes eingetauscht. In Neos Gelächter, das von den Wänden widerhallte und durch den Flugzeugbauch schallte, stimmten drei ebenso finstere Gestalten neben ihm ein.

»Wir sehen uns auf den Battlegrounds!«, rief er und fuhr dabei mit seinem Daumennagel am eigenen Hals entlang. »Es wird mir ein Vergnügen sein, dich zurück in die Lobby zu schicken.«

Paxton hatte keinen Plan, wovon dieser Typ sprach. Lobby klang aber weitaus gemütlicher als der Notsitz, auf dem er hockte, und definitiv ungefährlicher als ›Battlegrounds‹. Auf einem Schlachtfeld wollte er garantiert nicht landen.

Eins war sicher: Beschissener konnte seine Situation kaum werden – dachte er zumindest. Da erschütterte eine ohrenbetäubende Explosion das Flugzeug. Paxtons Ohren fiepten und er verlor für einen Moment die Orientierung. Die Maschine sackte so schnell ab, dass ihm der Anschnallgurt die Eingeweide zerquetschte.

»Da ist wohl mal wieder ein Triebwerk abgefackelt.« Joe seufzte.

»Passiert so was öfter?«, wollte Paxton wissen. Obwohl – wollte er das wirklich?

»Circa jedes zehnte Mal. Cool bleiben, das wird schon.«

Leichter gesagt als getan. Das Ruckeln war jetzt heftiger als zuvor und er hatte Mühe, das Essen bei sich zu halten. Dabei hatte Paxton nicht die leiseste Ahnung, wann er das letzte Mal etwas gegessen hatte, geschweige denn, was. Die kreischende Sirene und das orangefarbene Blinklicht halfen ihm jedenfalls nicht dabei, cool zu bleiben.

»Dann wollen wir mal!«, rief Joe und erhob sich von seinem Sitz. »Ich schlage vor, wir landen auf der Shooting Range. Da ist normalerweise wenig los und der Loot ist ordentlich. Okay, Squad?«

Überhaupt nichts war okay. Schießplatz klang für Paxtons Geschmack nicht unbedingt einladend. Und wen oder was meinte Joe mit Squad? Sie waren ja nur zu dritt. Bestand so ein Team beim Militär nicht aus mehr Leuten?

»Passt«, sagte die junge Frau neben ihm und stand auf. War Manga-Mädchen etwa ebenfalls in seinem Team? Aus wie vielen Mitgliedern bestand ein Team überhaupt? Doch bevor Paxton Antworten auf seine Fragen bekam, öffnete sich die Ladeklappe am Heck des Flugzeuges und der Lärm wurde so laut, dass Paxton seine eigenen Gedanken nicht mehr hörte. Geschweige denn, was Joe ihm zubrüllte. Der schnappte ihn ohne Vorwarnung am Schlafittchen und rannte mit ihm Richtung Ladeklappe. Paxton protestierte, bis er den Boden unter den Füßen verlor. Dann schloss er die Augen und fiel ins Leere.

Kapitel 2 – Hot Drop

Als Paxton die Augen wieder öffnete, pfiff ihm ein kalter Wind um die Ohren. Seine Wangen flatterten wie weiche Waschlappen und bald zitterte er am gesamten Körper. Das Flugzeug über ihm, umhüllt von Flammen und schwarzem Rauch, glich einem Meteoriten kurz vor dem Einschlag. Zahlreiche andere Insassen sprangen aus dessen Bauch, um sich in Sicherheit zu bringen. Das alles war der schlimmste Albtraum seines Lebens.

Unter Paxton tat sich eine riesige Insel mit grünen Wiesen, Wäldern und Bergen auf. Straßen durchzogen die Landschaft wie feine Adern. Auch einzelne Gebäude und ganze Ortschaften konnte er erkennen. Und sie kamen näher – schnell.

Neben den Siedlungen und an vielen weiteren Stellen auf der Insel poppten fremdartige Namen wie Pochinki oder Mylta auf. Wie konnte das sein? Mit einer Hand tastete er sein Gesicht ab und bemerkte erst jetzt, dass er eine Schutzbrille trug. Vermutlich verfügte sie über eine Art Head-up-Display, auf dem Zusatzinformationen eingeblendet wurden. Bevor er sich damit vertraut machen konnte, geriet er durch die Bewegung seiner Hand ins Trudeln. Wie wild wirbelte er um die eigene Achse und vollführte einen Salto nach dem anderen. Bittere Galle stieg in ihm auf und brannte in seinem Rachen. Ohne jegliche Orientierung purzelte er in die

Tiefe. Bis eine Hand nach seinem Fuß griff und ihn stabilisierte.

»Holla!«, rief Joe und lachte. »Du bist ja ein wahrer Luftakrobat.«

»Sehr witzig!«, presste Paxton durch seine klappernden Zähne – ob vor Kälte oder Angst konnte er nicht sagen.

»Dieser Noob wird uns alle umbringen!«, schimpfte das Manga-Mädchen aus einigen Metern Entfernung. Den zwei kleinen Ausbeulungen in ihrem Top nach fror sie ebenfalls. »Wir müssen ihn unbedingt loswerden.«

»Kommt nicht infrage! Niemand wird zurückgelassen«, rief Joe. »Wir treffen uns alle bei meiner Markierung auf der Karte!« Dann legte er die Arme an seinen Körper und schoss davon. Dicht gefolgt vom Manga-Mädchen, dessen rosa Schlüpfer kurz unter ihrem Rock aufblitzte. Paxton wandte den Blick ab und bemerkte dadurch eine andere Gruppe in seiner Nähe.

»Hey, Noob!«, schrie Neo zu ihm rüber. »Wir sehen uns – und zwar durch mein Visier –, bevor ich dir eine Kugel verpasse.«

Mit einer kaum wahrnehmbaren Handbewegung drehte er sich von ihm ab und flog mit flatterndem Mantel, gefolgt von seinen Schergen, davon. Was hatte er damit gemeint?

Doch Paxton blieb keine Zeit, sich darüber zu wundern. Er verlor weiterhin rasend schnell an Höhe. Wenn er es nur annähernd zu Joes Markierung schaffen wollte, musste er unbedingt darauf zu halten. Nur wie? Er ruderte mit den Armen und schaffte es irgendwie, sich auszurichten. Dann tat er es Joe gleich und legte die Hände flach an die Oberschenkel. Zu seiner eigenen Überraschung flog er jetzt in die gewünschte Richtung.

Joe und das Manga-Mädchen hatten einen ziemlichen Vorsprung und waren kaum mehr als kleine Punkte am Horizont. Nur dank der im Head-up-Display eingeblendeten Namen wusste Paxton, dass es sich um seine Teammitglieder handelte. Plötzlich öffneten sich Fallschirme über den beiden. Ehe er sichs versah, schoss er ungebremst an ihnen vorbei und kam dem Boden immer näher.

»Du musst den Schirm öffnen, sonst schaffst du es nicht bis zur Shooting Range!«, rief Joe ihm zu.

Dass er ansonsten als blutiger Klecks am Boden enden würde, unterschlug er. Leichter gesagt als getan. Paxton hatte nicht die leiseste Ahnung, wie man den Fallschirm auslöste. Hektisch tastete er das raue Geschirr ab, das seinen nackten Oberkörper längst wund gerieben hatte. Unter sich konnte er bereits kleine Büsche und einzelne Felsen erkennen. Ihm blieb nur noch wenig Zeit. Endlich fand er einen metallischen Griff am linken Schultergurt. Paxton zog daran, doch es passierte nichts. Der Boden unter ihm war keine hundert Meter mehr entfernt.

»Du musst richtig fest reißen!«, schrie Joe.

Paxton fasste sich ein Herz und zog mit ganzer Kraft an dem Griff. Ein derartiger Ruck presste ihn in den Sitzgurt, dass ihm ein Leben als Eunuch unausweichlich schien. Der Schirm über seinem Kopf hatte den Fall in letzter Sekunde abgebremst. Allerdings blieb ihm keine Zeit, sich darüber zu freuen, denn seine Füße streiften bereits die obersten Äste einzelner Baumwipfel. Wenn er nicht im nächsten Baum hängen bleiben wollte, musste er unbedingt ausweichen. Nur wie?

»Zieh an einer der Schnüre über dir!«, rief Joe, der oberhalb von ihm schwebte. Paxton hatte gelernt, Joe zu vertrauen, aber dessen Anweisungen waren doch recht dürftig. Über seinem Kopf liefen Hunderte Kordeln zusammen. Beim genauen Hinsehen baumelten zwei davon mit Griffen an ihren Enden neben seinen Ohren. Er zog an dem linken der beiden und schwenkte sofort in dieselbe Richtung. Die wunden Stellen an seinem Oberkörper protestierten vehement. Um Haaresbreite verfehlte er die Krone eines Laubbaumes, nur um direkt auf den nächsten Baum zuzuhalten. Hektisch steuerte er den Schirm nach rechts und flog im Slalom den Hang hinunter, an dessen Fuße die Shooting Range lag.

Seine nackten Fußsohlen schrammten auf dem Boden entlang und Paxton versuchte vergeblich, Schritt zu halten. Doch er stolperte über einen herumliegenden Ast und überschlug sich. Das Gras pikste in seinen Rücken und er knallte mit dem Kopf gegen einen stumpfen Stein. Ein dumpfer Schmerz explodierte in seinem Schädel. Nach zwei weiteren Purzelbäumen kam er endlich am Ende des Abhangs zum Halten. Leicht benommen lag Paxton am Boden und horchte in seinen Körper hinein. Abgesehen von einer eindrucksvollen Beule an der Stirn sowie ein paar Kratzern und blauen Flecken hatte er den Sturz unverletzt überstanden. Paxton war froh über das glimpfliche Ende dieses unfreiwilligen Abenteuers. Aber nur, weil er nicht ahnte, was ihn als Nächstes erwartete.

Kapitel 3 – First Blood

»Aufstehen!«, rief Joe von der anderen Seite der Shooting Range. »Wir haben Gesellschaft!«

Paxton, der immer noch auf dem Rücken lag, sah einen weiteren Fallschirm über sich schweben. Ein Kerl in weißem Hemd, dünner schwarzer Krawatte und Bluejeans baumelte daran.

»Schnapp dir sofort eine Waffe!«, bellte Joe ihn an. »Wir sind zu weit weg, um dir zu helfen.«

Joe machte wohl Witze. Das Letzte, was Paxton wollte, war, sich zu bewaffnen. Schon gar nicht, um gegen eine irgendeine wildfremde Person zu kämpfen. Aber die Dringlichkeit in Joes Stimme ließ ihn sich zumindest aufrappeln. Der Schlipsträger landete neben einer Mauer aus Sandsäcken und sammelte von dort Gegenstände auf. Er setzte einen Militärhelm auf und schnallte sich eine schusssichere Weste um. Beides nicht unbedingt vertrauenerweckend. Spätestens als der Kerl ein riesiges Maschinengewehr aufhob, wurde Paxton klar, dass er sich nicht nur verteidigen wollte.

»Hast du schon was gefunden?«, fragte Joe.

Paxton sah sich hektisch um. Vor ihm lag ein hüfthohes Labyrinth aus Sandsäcken umgeben von einem rostigen Maschendrahtzaun. Dazwischen verstreut standen Zielscheiben in Form menschlicher Silhouetten. Doch die einzige ›Waffe‹ in seiner unmittelbaren Nähe war eine Bratpfanne. Tolle Wurst! Selbst wenn er damit nicht viel ausrichten können würde, schnappte er sie sich. Schlipsträger fummelte immer noch mit dem Munitionsgurt herum und hatte offenbar Schwierigkeiten, das Gewehr zu laden. Das war Paxtons Chance. Reflexartig rannte er mit erhobener Pfanne auf ihn zu, obwohl jede Faser seines Körpers ihm das genaue Gegenteil befahl. Im letzten Moment, als der Deckel des Maschinengewehrs einrastete und Schlipsträger den Lauf auf ihn richtete, schlug Paxton ihm mit der Rückseite der Pfanne gegen den Schädel. Mit einem dumpfen Klonk sackte sein Gegenüber zu Boden. Ungläubig und mit rasendem Puls stand Paxton über ihm. Hatte er gerade tatsächlich einen Menschen niedergeschlagen? Die Einblendung ›Knock‹ in seinem Head-up-Display nahm er kaum wahr.

»Let's go!«, rief Joe, der vollbepackt und bis an die Zähne bewaffnet zu ihm gejoggt kam. »Dein erster Knock!«

Paxton atmete erleichtert auf, als Schlipsträger auf allen vieren davonkroch. Zumindest war er nicht tot.

»Bring es zu Ende!«, sagte Manga-Mädchen, die mittlerweile zu ihnen gestoßen war. In der Hand hielt sie eine Kalaschnikow mit Holzgriff, und über ihrer Schulter ragte der Lauf eines Sniper-Gewehrs hervor. Ihren Busen hatte sie gegen alle Gesetze der Physik in eine Weste mit eingenähten Metallplatten gepresst und auf dem Kopf trug sie einen Motorradhelm.

»Spinnst du?«, entgegnete Paxton. »Ich habe ihm nur aus Notwehr eins übergezogen. So kann er uns ja nicht mehr gefährlich werden.«

»Was, wenn seine Teamkollegen hier aufkreuzen und ihn wieder raisen?«

»Ihn was?«, fragte Paxton irritiert.

Doch statt zu antworten, hob das Manga-Mädchen den Lauf ihrer Waffe und feuerte Schlipsträger eine Salve Kugeln in den Rücken. Das Knallen der Patronen war überlaut. Ein paar Blutspritzer landeten in Paxtons Gesicht, der seinen Augen nicht traute. War das wirklich gerade passiert? Die Einblendung ›Assist‹ seines Head-up-Displays bestätigte seine Befürchtung.

»Okay«, sagte Joe unbeeindruckt. »Schnapp dir das M249 und seine Sachen und dann nichts wie weg hier.«

»Wie bitte?«, fragte Paxton fassungslos. »Ist das für dich etwa in Ordnung, wenn Manga-Maniac hier einfach Leute über den Haufen schießt?«

»Hör zu!«, sagte Joe und legte ihm die Hand auf die Schulter. »Ich weiß, das erste Mal ist immer etwas schwierig, aber man gewöhnt sich dran.«

Paxton hatte nicht vor, sich an das Töten von Menschen zu gewöhnen.

»Wenn du überleben willst, gibt es keine andere Möglichkeit. Entweder du oder er.«

Wo war er hier bloß hineingeraten? Widerwillig hob er den Helm von Schlipsträger und dessen Maschinengewehr auf.

»Seine Kevlarweste ist leider futsch«, sagte Joe, als ob er ernsthaft in Erwägung gezogen hätte, dass Paxton dem Leichnam die blutverschmierte Weste ebenfalls abnahm. »Aber seine Hose hat kaum etwas abbekommen und die Stiefel sind wie neu.«

»Nicht dein Ernst!«, rief Paxton. »Machst du Witze?«

»Ich meine ja nur«, entgegnete Joe. Dabei musterte er ihn von Kopf bis Fuß. Als Paxton an sich herabsah, musste er sich eingestehen, dass ihm ein paar Klamotten nicht schaden würden. Angewidert zog er Schlipsträger dessen Namensgeber und die restlichen Kleidungsstücke vom Körper und streifte sie sich schweigend über.

»Ich habe da hinten eine frische Polizeiweste und einen leichten Rucksack gesehen«, sagte Joe, um die betretene Stille zu überspielen. »Das ist ein Anfang und du solltest das unbedingt einsammeln. Außerdem noch zusätzliche Munition und ein Erste-Hilfe-Set. Beides wirst du brauchen.«

Paxton gefiel die Aussicht, weitere Patronen zu benötigen, fast weniger als das Verbandszeug. Er sammelte trotzdem alles ein, was ihm in die Finger kam, bis sein Rucksack prall gefüllt war. Joe reichte ihm ein Rotpunktvisier, das auf sein Maschinengewehr passte. Sogar eine Handgranate fand Paxton, die er an einer Öse seiner Weste befestigte.

»Der Circle ist echt weit im Süden«, rief Manga-Mädchen. »Wir sollten langsam los. Zumal ich vorhin drei Fallschirme in Severny habe landen sehen. Wenn das die restlichen Mitglieder von Schlipsträgers Squad waren, kreuzen die hier womöglich bald auf.«

»Denen könnten wir an der östlichen Brücke von Georgopol auflauern«, sagte Joe. »Da müssen sie im Zweifel den Fluss überqueren.«

Paxton verstand nur Bahnhof. Erst als er die beiden Ortsnamen auf der Karte seines Head-up-Displays entdeckte, ergab der Plan einen Sinn. Sie waren im Norden der Insel gelandet und befanden sich außerhalb eines großen weißen Kreises, der circa drei Viertel der Landfläche abdeckte.

»Was hat es mit diesem Kreis auf sich?«, fragte Paxton.

»Das ist der Circle. Der wird mit der Zeit immer kleiner«, erklärte Joe. »Und außerhalb davon zieht sich die Bluezone zusammen. In der nimmst du Damage und verlierst Health.«

»Aha«, sagte Paxton, in etwa so schlau wie zuvor. Aber an Manga-Mädchens Gesichtsausdruck merkte er, dass jetzt nicht die Zeit für weitere Fragen war. Zumal etwas anderes, was sie gesagt hatte, an ihm nagte. Wenn Schlipsträgers Squad aus drei Teammitgliedern und ihm bestand, wo war dann ihr eigenes viertes?

Kapitel 4 – First Rotation

Paxton schnaufte und schwitzte aus allen Poren. Für Überlegungen, geschweige denn Fragen bezüglich ihres vierten Teammitglieds blieb ihm keine Luft. Der seichte Hügel, den er zuvor hinabgesegelt beziehungsweise hinuntergepurzelt war, kam ihm wie ein Steilhang vor. In voller Montur, mit Rucksack auf den Schultern und dem Maschinengewehr in den Armen war jeder Schritt ein Kraftakt. Entweder machte Joe und Manga-Mädchen die Steigung nichts aus oder sie ließen es sich nicht anmerken.

»Schnall den 249er auf den Rücken!«, rief Joe. »Dann kannst du schneller rennen.«

Den Tipp hätte er ihm gerne früher geben können. Paxton warf sich den Schultergurt um den Hals und schwang das Maschinengewehr auf den Rücken, wo es zwischen Weste und Rucksack einhakte. Zwar fiel ihm das Laufen so leichter, doch das änderte nichts an dem Gesamtgewicht, das er den Hügel hochschleppen musste. Mit brennenden Waden und eisernem Blutgeschmack im Rachen erreichte er den Gipfel.

Paxton verschnaufte ein paar Atemzüge lang. Das abschüssige Gelände vor ihm endete an dem Ufer eines Flusses, der von West nach Ost floss. In der Ferne mündete er in eine Bucht, an deren Küste eine Stadt mit großflächigem Containerhafen lag. Laut seines Head-up-Displays handelte es sich um Georgopol.

Im Augenwinkel sah Paxton Trümmer eines Flugzeugs, das auf der nordöstlichen Flanke des Hügels zerschellt war. Der Rumpf hatte eine tiefe Furche in den Boden gegraben und an einigen Teilen des Wracks züngelten noch kleine Flammen. Paxton war heilfroh, dass sie es rechtzeitig hinausgeschafft hatten. Ein Schauer durchzuckte ihn und er wandte sich ab.

Über dem gegenüberliegenden Flussufer türmte sich eine gewaltige Bergkette auf, deren felsiger Rücken ihm den Blick auf den Horizont versperrte.

»Cubes oder WizardTower?«, fragte Joe.

Statt zu antworten, platzierte Manga-Mädchen eine gelbe Pin als Markierung auf den drei quadratischen Gebäuden nahe der Brücke und hielt darauf zu.

»Alles klar«, rief Joe und setzte sich in Bewegung. Paxton folgte mit einem tiefen Seufzer. Wenigstens ging es bergab. Nach einem halben Kilometer hatten sie ihr Ziel fast erreicht. Einzig eine breite Landstraße mussten sie noch überqueren. Manga-Mädchen kniete sich an der Böschung hinter einen Felsen und spähte durch das Zielfernrohr ihres Scharfschützengewehrs die Straße gen Westen hinab. Joe wandte sich Richtung Osten und blickte durch das wesentlich kleinere Visier seines leichten Sturmgewehrs.

»Clear«, rief Manga-Mädchen.

»Clear«, bestätigte Joe.

Paxton war heilfroh, dass er die Straße als Letzter erreicht hatte. Ansonsten hätte er sie, ohne auch nur darüber nachzudenken, überquert. Dabei glich der flache

Asphalt quasi einem Präsentierteller. Fehlte nur die Zielscheibe auf seinem Rücken.

»Paxton?«, fragte Joe.

»Ja?«

»Wie sieht's gegenüber aus?«

»Äh, Moment.«

Paxton beäugte die Gebäude und die Fenster, die der Straße zugewandt waren. Wie die leeren Augenhöhlen eines Totenschädels starrten sie zurück. Alles schien ruhig – aber was, wenn er sich täuschte? Er musste eine Entscheidung treffen.

»Glaube, clear«, rief er schließlich.

»Vorrücken!«, befahl Joe und wandte den Lauf seiner Waffe auf die Häuser. »Ich cover für euch.«

Manga-Mädchen schnallte ihr Scharfschützengewehr auf den Rücken und zückte ihre AK. Mit dem Sturmgewehr im Anschlag lief sie gebückt los. Paxton folgte ihr mit einem Puls, der bis in die Halsschlagader pochte. Jeden Moment rechnete er damit, in feindliches Feuer zu geraten. Doch zum Glück war seine Sorge unbegründet. Auf der anderen Straßenseite angekommen, presste er sich dicht an die brusthohe Mauer, die den Komplex umgab. Gerade als er erleichtert durchatmen wollte, hörte er von Westen her ein Brummen, das schnell lauter wurde.

»Achtung, Fahrzeug!«, brüllte Manga-Mädchen und sprang über den eingestürzten Teil der Mauer.

»Gebt ihnen Saures!«, rief Joe und eröffnete das Feuer vom gegenüberliegenden Straßenrand.

Paxton kniete sich hin und zielte auf die Räder des heranbrausenden Jeeps. Er hatte sich immer noch nicht mit dem Gedanken angefreundet, auf Leute zu schießen. Als er den vorderen rechten Reifen im Visier hatte, drückte er ab. Klick. Es passierte nichts. Paxton betätigte abermals den Abzug. Klick. Neben ihm bellte Manga-Mädchens Kalaschnikow wie ein Höllenhund und verstummte erst, als sie das Magazin wechseln musste. Da erst checkte Paxton, was das Problem war. Er hatte das Maschinengewehr noch nicht geladen, seit er es Schlipsträger – möge er in Frieden ruhen – abgenommen hatte. Der Jeep hielt mit Höchstgeschwindigkeit auf sie zu. Auf dem Rücksitz lehnte jemand aus dem Fenster und erwiderte das Feuer. Um kein allzu leichtes Ziel abzugeben, kam der Geländewagen in Schlangenlinien näher, bis Joe den Fahrer am Kopf traf und sein Name oben rechts in weißer Schrift in Paxtons Blickfeld eingeblendet wurde. Blut spritzte von innen gegen die Windschutzscheibe und der Wagen rollte geradeaus weiter. Bis der Beifahrer das Lenkrad herumriss und direkt auf Paxton zuhielt. Im letzten Moment zog Manga-Mädchen ihn über die Mauer. Das war knapp! Als er dem Jeep nachsah, schwang die Fahrertür auf und ein schlaffer Körper purzelte heraus. Offenbar hatte der Beifahrer das Steuer übernommen. Unter wütendem Hupen fuhr er weiter und ließ seinen am Boden kriechenden Teamkameraden zurück. Paxton konnte nicht fassen, dass er überhaupt noch lebte. Joe beendete dessen Leid mit einem Gnadenschuss in den Nacken. Joes Name und der seines Opfers erschienen abermals – diesmal jedoch in roten Buchstaben – oben rechts im Killfeed des Head-up-Displays. Das hieß wohl, dass der Gegner endgültig tot war.

»Warum hast du nicht geschossen?«, fragte Joe, während er die Straße überquerte. »Mit deiner Feuerpower hätten wir sie alle erwischt.«

»Ladehemmungen«, murmelte Paxton. Zugegeben, eine Notlüge. Manga-Mädchen betrat kopfschüttelnd das Gebäude und selbst Joe verzog enttäuscht den Mundwinkel.

Paxton schwor sich, dass ihm das kein zweites Mal passieren würde. Also zog er den Spanngriff zurück, bis er ein Klicken hörte, und schob ihn wieder vor, bis er einrastete. Dann sicherte Paxton die Waffe und drückte den Riegel der Einzugsfachabdeckung hinter dem Visier zusammen. Er öffnete die Abdeckung und befestigte das Magazin an der Unterseite des Gehäuses, als wäre es das Normalste auf der Welt. Dann zog er den Patronengurt eine Handbreit aus dem Magazin hervor, legte ihn auf das Zufuhrfach und achtete darauf, dass die erste Patrone am Patronenanschlag anlag. Als Letztes schloss er die Abdeckung des Einzugsfachs und schlug fest mit der Faust darauf, damit sie einrastete.

Das Ganze dauerte die gefühlte Ewigkeit von fast zehn Sekunden, die in einem Feuergefecht über Leben und Tod entscheiden konnten. Und das, obwohl seine Finger so präzise wie ein Uhrwerk arbeiteten, als hätten sie diesen komplizierten Ablauf Hunderte Male zuvor geübt. Paxton konnte sich nicht erklären, wieso er in der Lage war, das Magazin eines Maschinengewehrs zu wechseln wie andere den Beutel eines Staubsaugers. Entweder litt er unter Amnesie oder er war in seinem vorherigen Leben Soldat gewesen.

Kapitel 5 – Spike Strip

Paxton folgte seinen Kameraden in die Gebäude, auf der Suche nach mehr Loot. Er fand einen größeren Rucksack, in den er seine bisherige Ausrüstung umpackte und zusätzliche Munition, zwei Rauchgranaten sowie weiteres Verbandszeug hineinstopfte. Außerdem entdeckte er einen orangefarbenen Plastikbehälter mit Schmerztabletten und einen Energydrink. Erst jetzt merkte Paxton, wie durstig er war. Gierig exte er die Dose, deren Inhalt sein Herz gegen den Brustkorb hämmern ließ.

In seinem Head-up-Display erschien eine Nachricht von Joe. Er hatte im Gebäude nebenan eine Kar98 – was auch immer das sein mochte – markiert. Paxton schwang sich durch ein Fenster im Erdgeschoss und landete direkt vor Joes Markierung. Es handelte sich um ein Repetiergewehr mit Holzschaft und leicht musealer Anmutung. Trotzdem sammelte Paxton es ein und fand im Obergeschoss ein dazu passendes Zielfernrohr mit achtfacher Vergrößerung.

»Du hast aber ein dickes Rohr.« Manga-Mädchen grinste, als er die Treppe wieder hinunterkam. »Kannst du damit überhaupt umgehen?«

Paxton wusste nicht, was er erwidern sollte. Ein peinlicher Moment der Stille, so lang wie das Nachladen seines Maschinengewehrs hing im Raum.

Dann platzte Joe herein. »Ich habe einen Spike-Strip gefunden!«

»Meinst du, hier rotiert überhaupt noch jemand vorbei?«, fragte Manga-Mädchen.

»Wenn Teams aus Georgopol kommen, müssen sie auf jeden Fall über die Brücke«, entgegnete Joe.

»Dann lass dahin vorrücken und am Wizard-Tower auf sie warten.«

Paxton nahm an, dass alles, was die beiden gesagt hatten, einen Sinn ergab, nur eben nicht für ihn. Aber daran hatte er sich schon gewöhnt. Er schulterte seine Waffen und trottete ihnen hinterher.

Zu seiner freudigen Überraschung war die Brücke keine hundert Meter entfernt, und der Wizard-Tower entpuppte sich als zweigeschossiger Betonklotz, der in seiner Form einem Wasserturm ähnelte. Paxton stapfte die eiserne Außentreppe hinauf und verschaffte sich einen Überblick. Von hier aus konnte man Fahrzeuge aus Norden und Nordwesten frühzeitig kommen sehen. Unter seinem Fenster rollte Joe quer zur Fahrbahn eine Kette mit nach oben gerichteten Dornen aus. Danach bezogen er und Manga-Mädchen am anderen Ende der Brücke Stellung und fertig war ihr Hinterhalt.

Das Warten begann und Paxton hatte das erste Mal Gelegenheit, sich mit der Landkarte und dem Head-up-Display vertraut zu machen. Ein Counter am oberen Ende seines Sichtfeldes zählte von siebenundachtzig auf fünfundachtzig herunter, kurz nachdem er aus der Ferne Schüsse hörte. Dafür bedurfte es selbst für Paxton keinerlei Erklärung. Die Zahl der Überlebenden hatte sich gerade um zwei verringert und würde im Laufe der Zeit weiter sinken. Langsam dämmerte ihm, was das für ihn und seine Teamkameraden zwangsläufig bedeutete. Sollten sie sich nicht besser hier verstecken, während sich die anderen die Köpfe einschlugen? Die Insel war groß genug, um sich aus dem Weg zu gehen.

Doch inzwischen hatten sich die Ränder der Karte blau eingefärbt. Ob das die Bluezone war, von der Joe gesprochen hatte? Sie selbst befanden sich weiterhin außerhalb des weißen Kreises. Bedeutete das nicht, dass sie sterben würden, sobald die blaue Zone sie erreichte? Bevor er sich über Funk rückversichern konnte, vernahm er aus nordwestlicher Richtung Motorengeräusche. Paxton legte seine Kar98 an und war überrascht, wie nah alles durch die achtfache Vergrößerung wirkte. Ein giftgrüner Dacia Sedan schlängelte sich die Landstraße entlang, die zur Abzweigung am Wachturm führte. Am Steuer saß eine Blondine in Daunenjacke mit Fellkragen. Neben ihr hockte ein Typ, dessen Kopf in einem riesigen Stahlhelm mit Glasvisier steckte, der selbst Darth Vader neidisch gemacht hätte.

»Feind in Sicht«, hörte Paxton sich sagen. Aber waren sie das denn überhaupt? Doch die Frage war nicht, was diese Leute ihm getan hatten, sondern, was sie ihm antun würden.

»Noch nicht schießen!«, meldete sich Joe. »Warte, bis sie Richtung Brücke eingebogen sind und dann spuck Blei auf sie!«

»Alles klar«, antwortete Paxton und verschanzte sich mit seinem Maschinengewehr hinter einem Schreibtisch am Fenster. Er kontrollierte mehrfach, ob er durchgeladen und seine Waffe entsichert hatte. Dann legte er den Finger an den Abzug und hielt die Luft an.

Schweißperlen rannen ihm die Stirn hinab und gossen Feuer in seine Augen. Paxton musste blinzeln und hätte beinahe verpasst, wie der Wagen sein Tempo drosselte, um abzubiegen. Paxton drückte den Abzug und wurde vom wuchtigen Rückstoß der Waffe überrumpelt. Der Schaft glich einem Presslufthammer, der seine Schulter zu zertrümmern drohte. Dementsprechend wild hüpfte die Mündung umher und verteilte die Kugeln kreuz und quer über die Windschutzscheibe. Paxton versuchte vergeblich, den Wagen im Visier zu halten, während er an ihm vorbeiraste. Er hatte mindestens die Hälfte des Magazins verschossen, ohne größeren Schaden zu verursachen. Ein lauter Knall und das anschließende Kreischen der Felgen auf dem Asphalt bedeuteten wohl, dass zumindest der Spike-Strip seine Aufgabe erfüllt hatte.

Der Wagen wurde merklich langsamer und Paxton schaffte es, den Lauf des Maschinengewehrs nachzuführen. Seine Kugeln durchsiebten die Heckscheibe und trafen die Insassen auf der Rückbank. Gleichzeitig eröffneten Joe und Manga-Mädchen das Feuer von vorne. Paxton hielt den Abzug so lange gedrückt, bis er das Magazin leer geschossen hatte. Mit qualmender Motorhaube rollte der Dacia gegen einen Baum am Straßenrand und explodierte. Aus dem Augenwinkel sah Paxton seinen eigenen Namen, die seiner Teammitglieder und der Toten im Killfeed aufpoppen. Der Counter zählte von fünfundachtzig auf einundachtzig Überlebende herunter. Innerhalb weniger Sekunden hatten sie ein gesamtes Squad eliminiert.

Kapitel 6 – King of the Hill

Joe hatte recht gehabt: Man gewöhnte sich ans Töten und es wurde von Mal zu Mal einfacher. Vor allem, wenn es nicht aus nächster Nähe geschah. Selbst das Durchsuchen der Leichen und deren Gepäck verlor für Paxton langsam seinen Schrecken. Er ertappe sich sogar dabei, wie er seine Schritte beschleunigte, um vor seinen Teamkameraden zu den leblosen Körpern zu gelangen. Ihm war mittlerweile klar, dass Loot über Leben und Tod entscheiden konnte.

»Beeilung!«, rief Joe, während Paxton hastig die, wie durch ein Wunder völlig intakten, Rucksäcke der Leichen durchwühlte. »Wir müssen langsam Richtung Circle.«

Am nördlichen Horizont kündigte sich die Bluezone mit einem bedrohlichen blauen Schimmern an. Paxton fragte sich, woraus sie bestand. Toxisches Gas etwa? Er befürchtete, dass er es früher oder später herausfinden würde. Lieber jedoch später.

»Die Karre ist nicht mehr zu gebrauchen«, sagte Manga-Mädchen. »Wir müssen zu Fuß los.«

Mit den Taschen voller Medikamente und literweise Energydrinks hinterließen sie das ausgebrannte Autowrack und hielten geradewegs auf die Bergkette zu. Paxton trank eine weitere Dose aus seinem Vorrat, um zusätzliche Energie für den Aufstieg zu tanken. Der Berghang wurde zunehmend steiler und die Vegetation karger, bis sie blanken Fels emporkletterten. Die Schweißperlen auf Paxtons Stirn sammelten sich zu einem Rinnsal zwischen seinen Augenbrauen und tropften von seiner Nasenspitze herab. Die Luft wurde zunehmend dünner und jeder Atemzug beförderte weniger Sauerstoff in Paxtons Lungen. Sein Herz pumpte, dass ihm das Blut in den Ohren rauschte.

Über das Rauschen und sein eigenes Keuchen hinweg hörte er das tiefe Brummen erst, als es direkt hinter ihm war. In der Erwartung eines sich nähernden Autos hievte er das Maschinengewehr vom Rücken und drehte sich um. Was er stattdessen sah, ließ ihn die Kontrolle über seinen Unterkiefer verlieren. Mit offenem Mund starrte er auf ein halb transparentes blaues Feld, das senkrecht bis zum Himmel reichte und sich langsam auf ihn zubewegte. Kleine Blitze durchzuckten es und statische Entladungen ließen die Luft davor knistern. Die Bluezone hatte sie eingeholt!

Paxton schulterte das M249 und rannte den Berg hinauf. Sein Überlebensinstinkt trieb ihn an, als hätte eine fremde Macht von ihm Besitz ergriffen. Sein Herz schlug bis zum Hals und drohte jeden Augenblick zu bersten. Trotzdem konnte Paxton nicht aufhören zu rennen. Die Bluezone trieb ihn und seine Teammitglieder vor sich her wie Wild auf einer Treibjagd. Und dann wurde das bedrohliche Brummen hinter ihm langsam wieder leiser. Paxton warf einen kurzen Blick über die Schulter. Mit jedem Schritt vergrößerte sich der Abstand zur Bluezone. Die letzten Meter bis zum Gipfel verlangsamte er sein Tempo und vergewisserte sich ein zweites Mal. Die todbringende Wand war, wie auf ein unsichtbares Kommando hin, stehen geblieben. Paxtons Erleichterung bemaß sich nicht in Kilogramm, sondern in metrischen Tonnen. Laut Karte hatten sie das Innere des weißen Kreises erreicht, an dessen Rand die Bluezone gestoppt hatte.

Paxton atmete durch und genoss für einen Moment die Aussicht, da schrumpfte der Circle auf zwei Drittel seiner ursprünglichen Größe zusammen. Gleichzeitig verschob er seinen Mittelpunkt deutlich nach Süden. Bedeutete das etwa, was Paxton befürchtete?

»Hard Shift!«, rief Joe, als hätte er seine Gedanken gelesen. »Wir brauchen auf jeden Fall ein Auto, sonst schaffen wir es nicht rechtzeitig in den nächsten Circle.«

Ob das immer so weiterging? Paxton kam nicht dazu, darüber nachzudenken, denn ein feines Surren neben seinem Ohr ließ ihn aufhorchen. Hastig hob er die Hand, um das nervige Insekt zu vertreiben. Doch anscheinend war es einmal um ihn herumgeflogen und surrte nun an seinem anderen Ohr vorbei.

»Runter!«, rief Manga-Mädchen und stürzte sich wie eine Rugbyspielerin auf ihn. Paxton knallte auf den Rücken und schrie vor Schmerz. Sein Allerwertester war auf dem Griff des M249 gelandet und Manga-Mädchen auf ihm.

»Spinnst du?«, rief er, sein Mund kaum eine Nasenlänge von ihrem entfernt. Beim Versuch, für mehr Abstand zwischen ihren Gesichtern zu sorgen, schlug er sich den Hinterkopf am harten Fels an. »Autsch! Findest du nicht, dass du ein wenig übertreibst?«

Als Antwort explodierte der Fels neben ihm und Steinsplitter stoben in die Luft. Ein stechendes Brennen, wie der Stich einer Hornisse, flammte in seiner linken Gesichtshälfte auf. Paxton hob die Hand an die Wange und hielt sie blutverschmiert vor die Augen. Ungläubig starrte er sie an. Das waren keine Insekten, sondern Kugeln und Querschläger. Sie standen unter Beschuss!

»Da hab ich dich doch glatt flachgelegt, Kleiner«, hauchte ihm Manga-Mädchen ins Ohr. Das unfreiwillige Kribbeln in Paxtons Lendengegend war sofort vorbei, als sie sich mit den Worten »Dabei bist du gar nicht mein Typ« von ihm herunterrollte.

Paxton drehte sich ächzend auf den Bauch und robbte aus der Schussbahn in eine Vertiefung.

»Ich glaube, die Schüsse kamen von Westen. Wahrscheinlich eine VSS, so leise wie sie waren«, rief Joe, der hinter einem Felsvorsprung in Deckung gegangen war. »Die müssen uns am anderen Ende des Kamms aufgelauert haben.«

Paxton hob vorsichtig den Kopf, um etwas zu erkennen, und bereute es prompt. Ein Schuss streifte den Rand seines Helms mit einem Gong, als steckte sein Kopf in einer Kirchenglocke. Zwar hatte der Schlimmeres verhindert, aber Paxton war nicht gänzlich ungeschoren davongekommen. Mit zittrigen Fingern fummelte er eine Bandage aus dem Rucksack und verband damit seinen brummenden Schädel. Der Kugelhagel über ihm nahm nicht ab und seine Teammitglieder feuerten aus allen Rohren.

»Ich hab einen erwischt!«, rief Joe. Im Augenwinkel sah Paxton den Knock im Killfeed. »Lasst pushen!«

Das ließ sich Manga-Mädchen kein zweites Mal sagen und sprang aus ihrer Deckung. Wie bei einem bösen Traum hätte Paxton am liebsten die Bettdecke über den Kopf gezogen, doch eine innere Stimme sagte ihm, dass er seine Teammitglieder nicht im Stich lassen konnte. Er ging in die Hocke und legte den Karabiner an. Durch das Zielfernrohr starrte er in die Augen eines Mannes mit einem beigefarbenen Cowboyhut. Zumindest in das, das nicht von dessen Visier verdeckt war, mit dem er auf Paxton zielte. Ohne zu überlegen, drückte Paxton ab. Der gewaltige Rückschlag kugelte beinahe seine Schulter aus. Sein Projektil traf den Cowboy am Oberarm, sodass der knapp danebenschoss. Paxton lud den Bolzen seines Repetiergewehrs durch, hielt den Atem an und zielte etwas höher. Dann drückte er ab. Den Bruchteil einer Sekunde später schoss eine Fontäne Blut aus dem Hals des Cowboys und spritzte gegen die Krempe seines Hutes. Dann ging er zu Boden. Paxton stand auf, wechselte zum M249 und rannte auf ihn los.

»Fire in the hole!«, rief Joe, gefolgt von einer gewaltigen Explosion. Paxtons Ohren fiepten. Im Killfeed erschienen weitere Namen, darunter ein gewisser Colorado_Cowboy, den die Granate ebenfalls erwischt hatte.

Dann herrschte eine solch absolute Stille, dass sich Paxton wunderte, ob seine Trommelfelle geplatzt waren. Die Stimmen von Joe und Manga-Mädchen drangen derart gedämpft zu ihm durch, als ob er tatsächlich eine dicke Daunendecke über den Kopf gezogen hätte. Joes besorgtes Gesicht erschien direkt vor seinen Augen und er konnte ihm dessen Frage von den Lippen ablesen. Ein Daumen hoch war alles, wozu Paxton in der

Lage war. Joe rüttelte ihn mit beiden Händen an den Schultergurten seiner schusssicheren Weste und richtete ihn daran auf. Benommen und mit weichen Knien sah sich Paxton um. Eine frische Brise streichelte mit kühler Hand wie zum Trost sein blutverschmiertes Gesicht. Sie hatten den Berg erobert. Paxton kam nicht umhin, dem Begriff Gipfelstürmer eine völlig neue Bedeutung beizumessen.

Kapitel 7 – Airdrop Aid

»Wie wär's mit einem ordentlichen Assault Rifle?«, fragte Joe und zeigte auf das Sturmgewehr von Colorado_Cowboy. Er selbst pflückte zwei Granaten wie reife Avocados von dessen blutüberströmter Weste.

»Was spricht gegen mein Maschinengewehr?«, fragte Paxton irritiert.

»Abgesehen von den knapp sieben Kilo Gewicht, der ewigen Nachladezeit und der beschissenen Zielgenauigkeit?«

»Okay, ich hab's verstanden. Was ist das überhaupt für ein Sturmgewehr?«

»Das, mein Lieber«, sagte Joe und hob dabei die schwarze Waffe auf, »ist ein voll ausgestattetes M4 inklusive erweitertem Schnelllade-Magazin, mit zweiundvierzig Schuss 5.56 mm NATO-Munition, Vertikalgriff, Kompensator, Techstock und Rotpunktvisier.«

Während Joe redete wie ein Verkäufer im Waffengeschäft, zog er den Ladegriff an der Seite des Laufs durch und reichte Paxton das M4.

»Dafür hat Colorado_Cowboy fleißig Loot gesammelt. Es kommt auf achthundertfünfzig Schuss pro Minute und hat eine Mündungsgeschwindigkeit von achthundertachtzig Metern pro Sekunde.«

Paxton nahm das Gewehr und war überrascht, wie leicht es in seinen Händen lag. Es wog höchstens die

Hälfte von seinem M249 und der Kolben schmiegte sich perfekt an seine Schulter.

»Auf eine Distanz bis sechzig Meter absolut tödlich. Darüber hinaus würde ich von Vollautomatik in den Einzelschussmodus wechseln. Oder gleich die Kar98 nehmen.«

»Wenn ihr fertig seid mit eurer Shoppingtour, sollten wir langsam weiter«, sagte Manga-Mädchen.

»Wie lange bis zum nächsten Circle?«, fragte Paxton und warf einen bangen Blick Richtung Bluezone. Die hatte er für einen Moment komplett vergessen. Obwohl sie knapp hundert Meter entfernt war, glaubte er trotzdem, deren bedrohliches Brummen zu hören. Und das Geräusch kam näher, obgleich sie sich bislang nicht wieder in Bewegung gesetzt hatte.

»Wir haben kaum noch Zeit, bis sich die Bluezone weiter zusammenzieht. Und sobald das losgeht, können wir nicht mehr vor ihr davonlaufen – dafür ist sie in Phase 2 zu schnell«, antwortete Manga-Mädchen. »Wir brauchen dringend ein Fahrzeug.«

»Wieso klingt es dann, als würde die Zone längst näher kommen?«, fragte Paxton.

»Was meinst du?« Manga-Mädchen hob den Kopf, um zu lauschen. »Ach das? Das ist ein Flugzeug mit einem Airdrop.«

»Sag bloß, es springen noch mehr Gegner ab?«, rief Paxton. Der Counter hatte eben erst die fünfzig unterschritten. Hörte dieser Wahnsinn denn nie auf?

»Im Gegenteil«, sagte Joe. »Das Flugzeug wirft eine Kiste mit Loot ab. Es sind immer eine Militärweste sowie eine Spezialwaffe drin, die es sonst nirgends zu finden gibt. Und nicht zu vergessen, ein K6-3 Titanhelm der Spetsnaz mit größtmöglichem Schutz.«

Letzteres ließ Paxton aufhorchen. Ein Helm aus Titan klang genau nach dem, was er brauchte. Zumal sein Schädel immer noch von dem Streifschuss dröhnte. »Und wo landet dieser Airdrop?«, fragte Paxton.

»Das ist völlig random«, entgegnete Joe. »Aber meistens innerhalb des Circles.«

Ein Grund mehr für ein Fahrzeug. Paxton blickte ins Tal hinunter und sah goldgelbe Stoppelfelder gesprenkelt mit Strohballen, so weit das Auge reichte. Von Buschwerk gesäumte Feldwege durchzogen die Felder wie Rippen eines herbstlichen Blattes. Aber Autos konnte Paxton nicht erkennen.

Er streifte die Kar98 vom Rücken und benutzte deren Visier als Feldstecher. Außer verrosteten Landmaschinen und zahlreicher Autowracks konnte er keine fahrtüchtigen Autos entdecken. Es war wie verhext.

Derweil hielt das Flugzeug über ihren Köpfen stur seinen Kurs wie mit dem Lineal gezogen. Ihnen lief die Zeit davon.

»Hier drüben!«, rief Manga-Mädchen, die auf eine kleine Kuppe oberhalb von Joe und Paxton gestiegen war. »Die Kerle haben dahinten ein Motorradgespann geparkt.«

»Bestens«, sagte Joe, warf eine Handvoll Schmerztabletten ein und spülte sie mit einem Energydrink hinunter. »Du fährst!«

Paxton blickte ein letztes Mal dem Flugzeug hinterher und vermerkte die Himmelsrichtung auf seinem

Kompass. Dann quetschte er sich mit angezogenen Beinen in den engen Beiwagen, während Joe auf dem Sozius hinter Manga-Mädchen Platz nahm.

Paxton fühlte sich, als wäre er der Anschieber im Rennbob – zumindest war er Manga-Mädchens Steuerkünsten genauso hilflos ausgeliefert. Mit Vollgas bretterte sie die südliche Gebirgsflanke hinab und wich den gewaltigen Felsbrocken auf ihrem Weg immer erst in letzter Sekunde aus. In jeder Kurve schlugen Paxtons Rippen gegen die Armlehnen aus Stahlrohr wie bei einer Steilkurve im Eiskanal. Selbst wenn blaue Flecken sein geringstes Problem waren, würde er morgen aussehen wie das Opfer einer Misshandlung. Sofern es überhaupt ein Morgen für ihn geben würde.

Paxton schob den Gedanken beiseite und hielt nach dem Flugzeug über ihnen Ausschau. Zwar wurde das Gerüttel weniger, nachdem sie das Tal erreicht hatten, dafür versperrte ihm das dichte Geäst der Bäume, unter denen sie hindurchfuhren, die Sicht.

»Sieht jemand den Airdrop?«, fragte Manga-Mädchen.

»Ich hab ihn aus den Augen verloren«, rief Paxton. »Aber wir müssen Richtung Südsüdost.«

»Alles klar«, entgegnete Manga-Mädchen und korrigierte den Kurs leicht. Dann drehte sie den Gasgriff bis zum Anschlag, sodass die Maschine einen Satz nach vorne machte. Sie fuhr definitiv nicht das erste Mal Motorrad. Scheinbar unbeeindruckt saß Joe hinter ihr und hielt sich mit einer Hand an ihrem Oberkörper fest. Ihr kurzer Rock flatterte im Fahrtwind und Paxton erwischte sich dabei, wie er immer wieder fasziniert darunter schielte. Er konnte sich nicht helfen, aber zusammen mit dem Revolver im Holster an ihrem Oberschenkel war der Anblick unwiderstehlich.

So hätte er um ein Haar den Moment verpasst, als das Versorgungspaket von der Laderampe des Flugzeugs geschoben wurde. Der knallrote würfelförmige Container mit blauer Abdeckplane sank ein paar Hundert Meter vor ihnen an einem riesigen olivgrünen Fallschirm zu Boden.

Kapitel 8 – Deadly Drive-By

Wie eine Möwe, die ihr Geschäft im Flug verrichtet hatte, flog die Militärmaschine weiter gen Süden Richtung Meer. Bald waren ihre Triebwerke kaum mehr zu hören, als Paxton ein neues Motorengeräusch wahrnahm.

»Fahrzeug von rechts!«, rief Manga-Mädchen, zog ihren Revolver und zielte knapp an Paxtons Kopf vorbei. Der Hammer schlug mit einem derartigen Knall in die Trommel ihrer Waffe, dass Paxton ein Hörgerät auf die mentale Einkaufsliste setzte.

Dann hob er das M4 von seinen Oberschenkeln und visierte den blauen Dacia an, der sich ihnen von der Seite näherte. Die Auswahl an Automarken auf dieser Insel schien begrenzt und sie waren nicht die Einzigen, die hinter dem Airdrop her waren. In kurzen Salven feuerte Paxton auf die Reifen ihrer Widersacher. Verglichen mit den Huftritten seines Maschinengewehrs war der Rückstoß des M4 wie der Kick eines ungeborenen Babys. Wenig später brachte er den linken Vordersowie den Hinterreifen zum Bersten. Der Fahrer hatte sichtlich Mühe, die Spur zu halten, zumal ihn Manga-Mädchen am Arm getroffen hatte.

Joe klopfte ihr auf die Schulter und rief ihr ins Ohr: »Fahr dichter ran!«

Was hatte er vor? Wollte er den Wagen etwa entern? Doch statt einen Enterhaken zu zücken, löste er eine Handgranate von seiner Weste und ließ sie in Paxtons Schoß fallen. Paxton riss die Augen auf, die jetzt so groß waren wie Untertassen. Gleich einer heißen Kartoffel lavierte er die Granate von der einen Hand in die andere.

»Wirf sie durchs Fenster!«, rief Joe. Entern klang auf einmal wesentlich weniger gefährlich.

Manga-Mädchen hatte ihr Motorradgespann bis auf einen Meter längsseits an den Dacia herangebracht. Paxton fasste sich ein Herz, steckte seinen zitternden Zeigefinger durch den Ring des Sicherungsstifts und zog ihn behutsam heraus. Dabei drückte er den Schalthebel so fest herunter, dass die Knöchel an seiner Hand weiß hervortraten.

Just in diesem Moment erwischte Manga-Mädchen mit dem Rad des Beiwagens einen Felsbrocken und Paxton wurde umhergeschleudert wie ein Cowboy beim Rodeo. Mit Mühe und Not konnte er sich in seinem Sitz halten, nicht ohne sich die Knie an der Reling blutig zu schlagen. Ein wesentlich größeres Problem war, dass er die Granate dabei hatte fallen lassen und sie irgendwo zu seinen Füßen herumkullerte. Hektisch fischte er mit beiden Händen im Fußraum des Beiwagens nach der tickenden Zeitbombe. Das Geholper ihres Gespanns machte die Sache nicht leichter.

Endlich hatte Paxton die kugelförmige Granate mit den Fingerspitzen ertastet, da wurden sie mit einer solchen Wucht von dem Dacia gerammt, dass sein Kopf gegen Manga-Mädchens Hüfte knallte. Für einen Moment sah Paxton nur Karos. Als er den Kopf wieder unter ihrem Rock hervorzog, wusste er nicht, wovon er mehr benommen war – vom Aufprall oder von ihrem Anblick.

»Beeilung!«, schrie Joe und holte ihn zurück ins Hier und Jetzt.

Mit Händen und Füßen bekam Paxton die Granate endlich zu fassen und lupfte sie durch das zerschossene Seitenfenster auf die Rückbank. Keine Sekunde zu früh riss Manga-Mädchen das Lenkrad herum. Ein Feuerball explodierte in der Fahrerkabine und Glassplitter zischten durch die brennende Luft. Einer davon streifte Paxton am Unterarm und hinterließ eine tiefe Schnittwunde.

Mit ausgebeultem Dach und aufgesprengten Türen verlor der Wagen rasch an Geschwindigkeit. Es war niemand mehr darinnen, geschweige denn am Leben, der hätte Gas geben können. Gleich einem Sachbearbeiter im Rechnungswesen verbuchte der Counter die vier Toten im Soll und die vier Kills bei Paxton im Haben. Dass diese Zahlen Menschenleben darstellten, schien den unbarmherzigen Buchhalter nicht im Geringsten zu kümmern.

»Das war aber ein enges Höschen«, sagte Manga-Mädchen und zwinkerte ihm mit einem frechen Lächeln zu.

Dann steuerte sie das Motorrad wieder in die ursprüngliche Himmelsrichtung, in der sie den Airdrop vermuteten. Wann immer es ihr Fahrstil zuließ, wickelte sich Paxton einen Verband um den Arm und stoppte damit die Blutung, nicht aber den Schmerz. Paxton kippte eine Dose Schmerzmittel in den Rachen und einen Energydrink hinterher. Wenn das so weiterging, war eine Tablettenabhängigkeit unausweichlich.

»Kann mir mal jemand sagen, wo dieser beschissene Airdrop ist?«, rief Manga-Mädchen. Paxton suchte den Himmel ab, konnte aber außer ein paar Vögeln und herumfliegenden Blättern nichts erkennen.

»Da vorne!«, rief Joe und zeigte mit einer Hand nach links. Manga-Mädchen drehte den Kopf in die Richtung und anschließend den Lenker. Kein Wunder, dass Paxton den Airdrop aus den Augen verloren hatte. Er schwebte mittlerweile so tief über dem Boden, dass Joe und Manga-Mädchen ihn verdeckt hatten. Als der Container mit einem Rumms aufsetzte, zündete ein Rauchsignal auf dessen Deckel und roter Qualm stieg weithin sichtbar auf. Paxton war sich sicher, dass es nicht lange dauern würde, bis weitere Gegner ihnen ihre Beute streitig machen würden.

Das war wohl auch Manga-Mädchen bewusst, die, ohne Zeit zu verlieren, vom Sozius sprang, um den Inhalt des Containers zu überprüfen. Sie zog ein derartig langes Scharfschützengewehr unter der Plane hervor, dass Paxton sich wunderte, wie es überhaupt in die Kiste gepasst hatte.

»Sauber!«, rief Joe. »Eine AWM!«

»Was ist denn das für ein Ungetüm?«, fragte Paxton.

»Das, mein Süßer, ist eine Artic Warfare Magnum«, antwortete Manga-Mädchen und liebkoste dabei den langen Lauf des Gewehrs mit ihrer Hand. »Mit einer Mündungsgeschwindigkeit von knapp eintausend Metern pro Sekunde und einer Reichweite von bis zu an-

derthalb Kilometern ist es eines der besten Scharf-
schützengewehre der Welt und in meinen Händen die
tödlichste Waffe auf der gesamten Map.«

»Genug aufgegeilt?«, fragte Joe genervt. »Wir müssen
los! Schnappt euch Weste und Helm und dann nichts
wie weg hier!«

Paxton hob den schweren K6-3 aus der Kiste und hielt
ihn zwischen beiden Händen. Das schmale Visier aus
Panzerglas starrte ihn an wie ein Zyklop. Er stülpte die
Miniatur-Taucherglocke über und tauchte ab in eine
dumpfere und dunklere Welt. Schnell wurde ihm klar,
dass es wesentlich leichter gewesen wäre, wenn er die
Militärweste vorher angelegt hätte.

»Sonst noch was drin?«, fragte Joe. »Oder können wir
los?«

»Hier ist nichts mehr«, rief Paxton, während er sicher-
heitshalber durch den Haufen Heu wühlte, das als Ver-
packungsmaterial gedient hatte.

»Kein Ghillie Suit?«, fragte Joe.

»Kein was?«

»Na, ein Tarnanzug, der aussieht wie Gras.«

»Moment«, entgegnete Paxton und inspizierte das
vermeintliche Heu genauer. Tatsache! Es handelte sich
um die zottelige Außenseite eines Overalls, mit dem
man sich in einer hochstehenden Wiese oder unter einem Busch nahezu unsichtbar machen konnte.

»Wusst ich's doch!«, sagte Joe.

Paxton zog den Ghillie Suit aus der Kiste und
schlüpfte hinein. Als er sein Äußeres im Seitenspiegel
des Motorradgespanns überprüfte, hoffte er inständig,
dass sie keinem paarungswilligen Bigfoot über den
Weg laufen würden.

Kapitel 9 – Into the Redzone

»Alle Mann aufsitzen!«, rief Manga-Mädchen und ließ den Motor des Motorrads aufheulen. Paxton beeilte sich, in den Beiwagen zu steigen, was in seiner Montur kein leichtes Unterfangen war. Joe saß längst rittlings hinter Manga-Mädchen. Der Lauf ihrer AWM inklusive angeschraubtem Schalldämpfer ragte wie eine Antenne in die Höhe. Mit einem Wimpel daran hätten sie ausgesehen wie ein Kind vor dem Fahrradführerschein. Manga-Mädchen ließ die Kupplung kommen und beschleunigte, dass es Paxton in den Sitz presste. Dabei drückte ihm etwas Scharfkantiges in seinem Rucksack gegen die Wirbelsäule, was die Sache nicht besser machte.

Das Motorradgespann hatte seine Höchstgeschwindigkeit noch nicht erreicht, da rief Joe: »Achtung, Redzone!«

Was um Himmels willen war die Redzone? Paxton checkte die Karte, auf der sich eine kreisrunde, blutrote Fläche von knapp einem Kilometer Durchmesser über sie gelegt hatte. War die rote Zone etwa tödlicher als ihr blaues Pendant? Die Antwort ließ nicht lange auf sich warten. Ein unheilvolles Pfeifen am Himmel kündigte an, was kurz darauf neben ihm einschlug. Feuchte Erde besprenkelte Paxton wie Schokostreusel. Die Detonation stellte alle bisherigen in den Schatten und sie blieb nicht die einzige. Ein regelrechter Bombenteppich ging auf sie nieder.

»Festhalten!«, rief Manga-Mädchen, riss den Lenker herum und umfuhr in letzter Sekunde eine Explosion direkt vor ihnen. Sie jagten im Zickzack weiter und bei jeder Linkskurve hob es Paxtons Beiwagen in die Höhe wie bei einem Fahrgeschäft auf dem Rummel. Die Bombenkrater um sie herum hätten locker als Whirlpool für sechs oder mehr Personen dienen können. Paxton wurde klar: Ein direkter Treffer und es war vorbei.

»Wir fahren nach Gatka und suchen dort Schutz«, rief Manga-Mädchen, während sie auf eine kleine Siedlung mit fünf oder sechs Häusern zuhielt. Zwei davon waren flache Holzhäuser umwuchert von Büschen und Sträuchern. Die übrigen Bauten waren zweistöckige Wohnhäuser, die ihre besten Zeiten definitiv hinter sich hatten.

»Da parkt ein Auto!«, erwiderte Joe. »Der Compound ist höchstwahrscheinlich besetzt.«

»Zu spät!«, schrie Manga-Mädchen, bevor ihnen die ersten Kugeln um die Köpfe flogen.

Paxton sah jemanden oder etwas aus einem der Fenster auf sie zielen. Doch was er dort zu sehen glaubte, ließ ihn an seinem Verstand zweifeln. Das überdimensionierte Huhn konnte unmöglich real sein. Dafür sah das Gewehr und dessen Mündungsfeuer umso echter aus. Paxton feuerte mit dem M4 in die grobe Richtung, um es, was auch immer es war, vom Fenster zu verjagen.

Am oberen Rand seines Helmvisiers nahm er eine weitere Bewegung wahr. Ein knallgrüner Dinosaurierkopf reckte sich über die Begrenzungsmauer des Flachdachs.

»Autsch!«, schrie Paxton vor Schmerz und hielt sich die Schulter.

»Bist du getroffen?«, fragte Manga-Mädchen und klang dabei fast ein wenig besorgt.

»Nein, alles gut«, antwortete Paxton. Er hatte sich selbst so fest gekniffen, dass er eine Schusswunde bevorzugt hätte. Doch der Dinokopf war nicht verschwunden. »Seht ihr, was ich sehe?«

»Zwei Gegner«, entgegnete Manga-Mädchen sachlich und schaltete in den Leerlauf. »Einer am Fenster im ersten Stock und der andere auf dem Dach. Ich halte hinter dem Holzhaus. Dort sind wir erst mal aus der Schusslinie.«

»Das meine ich nicht«, sagte Paxton. War er der Einzige, der Cartoon-Figuren sah? Ob er langsam den Verstand verlor? Nach den Erlebnissen der letzten Stunden nicht sonderlich überraschend. Doch für weitere Diskussionen oder gar Therapiegespräche blieb keine Zeit. Noch während ihr Motorradgespann ausrollte, sprang Manga-Mädchen mit einer Blendgranate in der Hand ab und warf sie durch das Fenster. Joe tat es ihr gleich und schleuderte eine Handgranate aufs Dach. Für Paxton endete die Fahrt jäh, als ihr Gefährt mit letztem Schwung und lautem Scheppern gegen die Wand des Holzhauses prallte.

Derweil explodierte Joes Granate und der Name Dino_Dieter erschien im Killfeed. Paxton wusste nicht, ob er erleichtert oder entsetzt sein sollte. Der Name schien zu bestätigen, was er gesehen hatte. Manga-Mädchen machte einen Satz auf den Fahrersitz und zog sich an der Regenrinne des Hauses empor.

»Worauf wartest du?«, rief sie vom Dach herab. »Stürm mit Joe das Haus, solange Dino_Dieter ausgeknockt und der andere geblendet ist!«

»Und was machst du so lange?«, fragte Paxton.

»Mein Baby und ich geben euch von hier oben Feuerschutz«, antwortete Manga-Mädchen und streifte dabei die AWM von ihren Schultern.

»Alles klar!«, sagte Paxton. Die Frequenz seines Pulsschlags lag zwischen Buntspecht und Vibrator. Geduckt rannte er hinter Joe her um das Holzhaus und wäre fast in ihn hineingerannt, als dieser unvermittelt die Faust hob und innehielt. Dann lugte Joe den Bruchteil einer Sekunde um die Ecke, nur um den Kopf sogleich zurückzuziehen. Der Eckpfosten explodierte und Holzsplitter stoben durch die Luft.

»Verdammt!« Joe zupfte sich ein paar Splitter aus den Haaren. »Das war knapp.«

»Ich sehe einen dritten Gegner hinter dem Haus«, flüsterte Manga-Mädchen über Funk. »Das haben wir gleich.«

Dank des Schalldämpfers klang ihr Schuss eher wie das Schnalzen einer Peitsche. Der Name, der zeitgleich im Killfeed erschien, war für Joe das Signal loszurennen, um die freie Fläche zwischen den Häusern zu überqueren.

»Beeilung!« Joe streckte den Zeigefinger aus der Faust und deutete mit ihm Richtung Feind. »Die Wirkung der Blendgranate ist bald vorbei.« Paxton hetzte Joe hinterher und war für eineinhalb Ewigkeiten völlig exponiert. Jeden Moment rechnete er mit einem Treffer aus dem Haus vor ihnen. Joe erreichte als Erster die Hauswand und presste sich links neben der Tür an sie. Paxton warf sich gegen die Wand rechts vom Eingang und atmete kurz durch.

»Auf drei!«, sagte Joe, hielt die gleiche Anzahl Finger in die Luft und zählte leise runter. Bei null angekommen stellte er sich vor die Tür und trat sie mit der Sohle seines Stiefels ein. Bis auf ein paar dumpfe Schritte auf den Dielen über ihnen war es verdächtig still. Joe stürmte voraus und Paxton war drauf und dran ihm zu folgen, als ein drachenhaftes Fauchen auf sie niederging.

»Achtung, Molotow!«, rief Joe, doch es war zu spät. Mit einem lauten Klirren zerschellte eine Flasche am Fuße der Treppe. Das Feuer breitete sich schlagartig aus. Die Flammen züngelten an Joes Schuhen und fraßen sich gierig seine Hosenbeine hinauf. Joe schrie wie am Spieß und rannte zurück nach draußen.

»Diese feigen Schweine!« Joe wälzte sich am Boden und Paxton klopfte mit beiden Händen die Flammen aus. Dabei stieg ihm der Geruch von verbranntem Fleisch in die Nase. »Entweder hat die Blendgranate nicht gesessen oder da oben sind mehr als zwei Feinde.« Während Joe sprach, umwickelte er seine Wunden hastig mit Verbandszeug und kippte eine Dose Schmerzmittel hinunter. »Siehst du jemanden, Manga?«

»Negativ«, antwortete sie vom Dach. »Aber es ist nur eine Frage der Zeit, bis mich hier oben eine Bombe trifft.«

Paxton hatte das anhaltende Bombardement der Redzone vor Aufregung fast vergessen.

»Wir gehen rein und tauschen Knocks!«, rief Joe.

Meinte er damit etwa, dass er sich niederschießen lassen würde, um den Kampf zu gewinnen? Kam nicht infrage! Doch Joe setzte sich in Bewegung und die innere Stimme von zuvor befahl Paxton, ihm zu folgen. Seine Beine rannten gegen seinen Willen die Treppe hinauf. Über ihm feuerte Joe zwei Salven ab und wurde dabei selbst getroffen. Blut spritzte auf den Treppenabsatz. Fast wäre Paxton darauf ausgerutscht. Geruch von Eisen und Schießpulver lag in der Luft. Zu seinen Füßen kroch Joe auf allen vieren an ihm vorbei und ächzte. »Einen habe ich erwischt. Der andere ist angeschossen. Den musst du erledigen!«

Es gab kein Zurück. Im Blutrausch erklomm Paxton die restlichen Stufen und ballerte wild um sich. Vollgepumpt mit Adrenalin und Schmerzmitteln empfand er den Streifschuss an seinem rechten Oberschenkel lediglich als einen lästigen Mückenstich. Paxtons erster Treffer katapultierte den Helm des menschengroßen Huhns durch die Luft und die nächste Kugel durchbohrte dessen Schädel. Wie aus einer Sprühdose landete eine Mischung aus Blut, Federn und Gehirnmasse durch die Austrittswunde an der Wand. Das Graffiti glich zwar eher einem abstrakten Kunstwerk, aber die Aussage des Künstlers war klar: Tod durch Bleivergiftung.

Mit dem Huhn starben auch dessen restliche ausgeknockten Teammitglieder, da niemand zum Raisen übrig war, und deren Namen erschienen einer nach dem anderen im Killfeed.

»Kann mich mal jemand raisen?« Joe stöhnte. »Ich blute hier langsam aus.«

Paxton eilte die Stufen hinab und kramte einen Erste-Hilfe-Kasten aus seinem Rucksack. Manga-Mädchen stieß von ihrem Ausguck auf dem Dach hinzu und ging ihm zur Hand. Mit einem Druckverband und zwölf Nadelstichen flickten sie Joe wieder zusammen. Unterdessen ließ der Bombenhagel langsam nach, wie ein vorüberziehendes Gewitter.

»Good Trade«, sagte Joe und setzte sich mit schmerzverzerrtem Grinsen auf.

»Von wegen, guter Tausch!«, keifte Paxton ihn an. »Das war absolut lebensmüde!«

»Hat doch funktioniert.«

»Trotzdem! Und überhaupt: Was geht hier eigentlich ab? Alle schießen sich über den Haufen und diese Witzbolde laufen dabei in Halloweenkostümen herum.«

»Setz dich!« Joe seufzte und deutete auf die Stufe neben ihm. »Ich glaube, es ist an der Zeit, dass wir dir ein paar Sachen erklären.«

Kapitel 10 – Mortar Kill

»Kommt jetzt der Vortrag über die Bienen und die Blumen?«, fragte Manga-Mädchen und legte ihre Hand auf Paxtons Knie. »Ich bin ja kein großer Freund der Theorie, sondern eher der praktisch veranlagte Typ.«

Paxton war froh, dass der Titanhelm seine glühenden Wangen und purpurnen Ohrenspitzen verbarg.

»Das ist nicht der richtige Zeitpunkt für deine versauten Anspielungen«, entgegnete Joe.

»Aber er ist alt genug, um zu erfahren, wo die kleinen Avatare herkommen.«

»Können wir jetzt bitte mal zur Sache kommen?«, sagte Paxton.

»Nicht so ungeduldig!«, sagte Manga-Mädchen mit einem schelmischen Grinsen. »Du willst doch nicht, dass es zu schnell vorüber ist.«

»Es reicht!«, rief Joe. »Paxton, hast du dich schon mal gefragt, wie du hier gelandet bist?«

»Wie könnte ich diesen Fallschirmsprung jemals vergessen?«, entgegnete Paxton.

»Ich meine vorher?«, fragte Joe.

»Das Erste, woran ich mich erinnere, ist, dass wir in diesem Flugzeug saßen.«

»Und davor?« Joe rollte ungeduldig mit den Augen.

Egal wie scharf Paxton nachdachte – da war nichts. Sein Gedächtnis schien genau in diesem Moment zu existieren begonnen haben wie die Zeit nach dem Urknall. Wie war das möglich?

Joe deutete seinen Gesichtsausdruck richtig. »Du erinnerst dich nicht.«

Paxton nickte stumm.

»Das liegt daran, dass du erst kurz zuvor von deinem
Spieler erschaffen wurdest.«

»Was soll das heißen?«

»Dass du ein Avatar in einem Computerspiel bist und
ein menschlicher Spieler sämtliche deiner Handlungen
kontrolliert.«

»So ein Quatsch!«, rief Paxton.

»Du hörst also nicht manchmal diese innere Stimme,
die dich dazu bringt, Dinge gegen deinen Willen zu
tun?«

»Das ist eben mein Gewissen. Aber zum Schluss entscheide ich immer noch selbst.«

»Bist du dir da sicher?«

Obwohl er es nicht wahrhaben mochte, dämmerte es
Paxton langsam, dass Joe recht haben könnte. Trotzdem wirkte alles um ihn herum so real. Obwohl, wie realistisch war eine verlassene Insel, auf der überall Waffen und Schmerzmittel herumlagen? Glücklicherweise
saß er bereits, denn spätesten jetzt waren seine Knie zu
weich zum Stehen. Seine Welt war aus ihren – wenn
auch virtuellen – Angeln geraten.

»Nehmen wir mal an, das stimmt alles. Was ist dann
mit euch?«

»Wir werden genauso von einem Gamer gesteuert
wie du«, sagte Manga-Mädchen.

»Und warum wisst ihr Bescheid und ich habe von Tuten und Blasen keine Ahnung?«

»Weil wir nicht mehr so jungfräulich sind, wie du, mein Süßer«, erwiderte Manga-Mädchen. »Und was das Blasen betrifft ...«

»Mit der Zeit bekommt man eben einiges über den Voice-Chat mit«, beeilte Joe sich zu sagen. »Wenn sie sich in-Game unterhalten, hören wir das manchmal. Ist schließlich nicht unser erstes Rodeo.«

»Sondern?«, frage Paxton.

»Ich habe längst aufgehört zu zählen«, entgegnete Joe und winkte ab. »Aber gemessen an meinem Level, dürften es Hunderte gewesen sein.«

»Level?«, fragte Paxton.

»Je mehr Erfahrungspunkte du für Kills, Siege und andere Challenges sammelst, desto höher dein Level. Die Skala reicht bis 500.«

»Was passiert, wenn man die 500 erreicht?«

»Manche behaupten, dass einem dann die Freiheit geschenkt wird. So wie bei verdienten Gladiatoren im alten Rom, die am Ende ihrer Karriere von ihren Eigentümern aus dem Sklaventum entlassen wurden.«

»Wie lange habt ihr bis dahin?«, fragte Paxton.

»Ich bin Level 432 und Manga-Mädchen ist bei 279. Du kannst deins im Head-up-Display abrufen.«

Paxton sparte es sich, nachzuschauen, denn er hatte sein Dasein als Leibeigener ja gerade erst begonnen. Er war mit Sicherheit noch Level 1.

Je länger er darüber nachdachte, desto mehr Sinn ergab Joes Erklärung. Doch die Vorstellung, diese Hölle mehrfach zu durchleben, schien ihm unerträglich. Wie sadistisch veranlagt musste man sein, um sich so etwas auszudenken?

»Ich möchte euer Aufklärungsgespräch nur ungern unterbrechen«, sagte Manga-Mädchen. »Aber der nächste Circle ist gepoppt und er liegt auf Military Island.«

Paxton checkte die Karte in seinem Head-up-Display und riss die Augen auf. Weiter südlich hätte der Circle nicht erscheinen können. Zwar deckte er einen Zipfel der Hauptinsel ab, doch der weitaus größere Teil lag über einer kleineren Insel, auf der ein gewaltiger Armeestützpunkt eingezeichnet war. Zwei Brücken verbanden Military Island mit der restlichen Landmasse.

»Dann mal los!« Joe seufzte und erhob sich. »Ihr lootet die Leichen und ich hol das Motorradgespann!«

»Was das betrifft, habe ich schlechte Neuigkeiten«, sagte Manga-Mädchen.

»Und die wären?«

»Das Teil ist von einer Bombe getroffen worden und fährt nirgendwo mehr hin.«

»Dann nehmen wir eben das Auto von Dino_Dieter und seinen Halloween-Honks«, entgegnete Joe und zeigte dabei mit dem Lauf seines Sturmgewehrs auf die leblosen Körper.

Paxton hatte alles, was er brauchte, und wusste nicht recht, wonach er suchte. Trotzdem ging er die Ausrüstung seiner Gegner durch und füllte seinen Vorrat an Medikamenten und Munition auf. Von Letzterer hatte er bei der Erstürmung des Hauses einiges verbraucht.

»So eine Scheiße!«, zischte Joe über Funk.

»Was ist los?«, fragte Paxton.

»Der Tank von der Karre ist leer. Seht euch mal nach einem Benzinkanister um. Ich durchsuche das Gebäude direkt vor mir.«

»Alles klar.«

Paxton stieg die Treppe herab und trat vor die Tür. Manga-Mädchen hingegen sprang aus dem Fenster im ersten Stock und landete direkt neben ihm.

»So geht's schneller«, beantwortete sie seine unausgesprochene Frage mit einem Achselzucken. Paxton sah ihr ungläubig hinterher, während sie zu dem einstöckigen Gebäude nebenan rannte. Wer sie wohl im richtigen Leben war? Er wandte sich ab und lief in die entgegengesetzte Richtung, um ein rosafarbenes Haus nach Benzin abzusuchen. Als er die Tür öffnete, schlug eine Handbreit neben seinem Kopf eine Kugel in die Wand ein, dicht gefolgt von einem Donnerschlag in weiter Entfernung.

»Scharfschützen!«, rief Paxton, rettete sich in das Gebäude und warf die Tür hinter sich zu. Die nächste Kugel durchschlug deren dünnes Holz, dicht gefolgt von einem Knall aus südöstlicher Richtung.

»Verdammt!«. Joe spitzte die Ohren. »Das klingt nach einer Dragunov. Und das Team ist zwischen uns und der Zone.«

»Wenn ich einen von ihnen erwische, können wir sie pushen«, meldete sich Manga-Mädchen über Funk.

»Vergiss es! Bis wir zu Fuß dort sind, haben sie deinen Knock längst geraised. Außerdem liegen auf dem Weg nur Felder mit wenig Deckung.«

»Und was nun?«, fragte Paxton.

»Wir brauchen unbedingt einen fahrbaren Untersatz«, antwortete Joe. »Bitte haltet nach einem Benzinkanister Ausschau. Das ist unsere einzige Chance.«

Zwei Häuser später gab Paxton die Hoffnung langsam auf. Außer Rucksäcken, einer riesigen Tasche und allerhand Attachments, die nicht zu seinen beiden Waffen passten, hatte er nichts gefunden.

»Aha!«, rief Joe. »Das könnte nützlich sein.«

»Hast du Benzin?«, fragte Paxton.

»Nein, aber dafür etwas viel Besseres.«

»Und zwar?«

»Einen Mörser mit vier Granaten.«

»Nice!«, rief Manga-Mädchen. »Damit sprengen wir uns den Weg frei.«

Joe schleifte das armdicke Metallrohr auf die Wiese zwischen den Häusern, klappte dessen Zweibein aus und platzierte es auf dem Boden. Paxton kam dazu und achtete darauf, nicht in die direkte Schusslinie ihrer Gegner zu geraten.

»Mit dem Mörser schießen wir im hohen Bogen über das Haus vor uns hinweg«, erklärte er. »Allerdings müssen wir die Position des feindlichen Teams bestimmen, um einen Treffer zu landen.«

»Die Schüsse kamen aus südöstlicher Richtung und waren ziemlich weit weg.«

»Etwas genauer brauchen wir es schon, der Explosionsradius beträgt gerade mal fünfzehn Meter. Die Granate muss relativ dicht am Feind einschlagen.«

»Ich versuche vom Flachdach aus, ihre Position zu bestimmen«, sagte Manga-Mädchen.

»Ich komme mit!« Paxton wusste zwar nicht genau wie, aber er wollte sie ungern alleine gehen lassen.

»Macht das!«, erwiderte Joe.

Doch ihr Plan ging nicht auf. Sobald sie ihre Köpfe ein wenig über den Rand des Daches hoben, flog ihnen ein regelrechter Kugelhagel um die Ohren.

»Keine Chance!«, rief Paxton. »Im Gegensatz zu uns, wissen die genau, wo wir sind.«

»Dann bleibt uns nur eine Möglichkeit«, entgegnete Joe. »Aber die wird dir nicht gefallen.«

Wie so oft sollte Joe auch diesmal recht behalten. Paxton konnte nicht fassen, dass er sich trotzdem darauf auf seinen Vorschlag eingelassen hatte. Doch es war die einzige Lösung und Paxton mit seinem Ghillie Suit bestens dafür ausgestattet. Flach auf dem Bauch kroch er durch das Stoppelfeld in Richtung Gegner. Auf Anraten von Joe hatte er sogar den Rucksack zurückgelassen, der wie der Höcker eines Dromedars auf seinem Rücken hervorgeragt und ihn verraten hätte. Zusätzlich streckten Joe und Manga-Mädchen in der Siedlung hin und wieder ihre Köpfe hervor, um die Blicke der Gegner auf sich zu lenken. Im Schneckentempo hielt Paxton auf deren Schüsse zu wie eine Motte aufs Licht.

Der erdige Geruch des Ackers und die herumkrabbelnden Insekten ließen Paxton unweigerlich an ein frisch ausgehobenes Grab denken. Wenn er nicht unter der Erde landen wollte, musste er unbedingt unentdeckt bleiben. Gleichzeitig kam die Bluezone unaufhaltsam näher. Er durfte keine Zeit verlieren. So schnell wie möglich robbte er sich an die Schüsse heran, bis ihm ein kleines Gestrüpp die Sicht versperrte. Wie eine Schlange kreuchte er hinein und wurde dank des Ghillie Suits eins mit dem Busch.

Keine fünfzig Meter entfernt duckten sich zwei flache Holzhäuser hinter ein paar Sträucher. Der ursprünglich türkisfarbene Anstrich blätterte in große Placken von den Wänden und gab eine darunterliegende blassgelbe Schicht frei. Daneben stand ein frei stehender

Schuppen und formte mit den restlichen Gebäuden einen Innenhof, in dem ein Jeep geparkt war. Darum tummelten sich vier bis an die Zähne bewaffnete Kerle in extravaganten Outfits, die eher auf den Catwalk, als aufs Schlachtfeld gepasst hätten. Selbst Paxton konnte sich ausmalen, welche Unmengen an G-Coins in deren Skins geflossen waren.

»Feind gesichtet«, flüsterte Paxton in sein Funkgerät.

»Peilung?«, fragte Joe.

Paxton checkte den Kompass in seinem Head-up-Display.

»Hundertfünfundsiebzig Grad«, antwortete Paxton und hörte ein leises Rattern über Funk.

»Entfernung?«

Diese schätzte Paxton mithilfe des Rasters auf der Karte. »Circa zweihundertsiebzig Meter.«

»Roger!«, erwiderte Joe. »Fire in the hole!«

Dem dumpfen Knall in seinem Rücken folgend, wandte Paxton den Kopf. Eine feine Rauchspur stieg von Gatka auf und kam im hohen Bogen auf ihn zu. Paxton hoffte inständig, dass Joe nicht zu kurz gezielt hatte. Mit einem sirenenartigen Dröhnen fiel die Granate vom Himmel und schlug zwischen ihm und dem eigentlichen Ziel ein. Unter ihm vibrierte der Boden wie bei einem Erdbeben.

»Ein paar Grad nach links und zwanzig Meter weiter.« Paxton hatte bei seiner ursprünglichen Peilung nicht bedacht, dass seine eigene Position nicht auf einer Linie mit der von Joe lag. »Und Beeilung, sie steigen in ihr Auto!«

Joe zögerte nicht lange und ließ in kurzer Abfolge drei weitere Granaten auf die neuen Koordinaten hinabregnen. Die erste traf genau in die Mitte des Innenhofs, wo Sekunden zuvor der Wagen gestanden hatte. Leider waren die vier Möchtegernmodels rechtzeitig losgefahren, um der Explosion zu entkommen. Doch die Streuung des Mörsers sorgte dafür, dass die dritte Granate etwas zu weit flog und genau auf dem Dach des Jeeps einschlug. Die vier Namen des Model-Clans liefen über den Ticker des Killfeeds wie eine Verlustmeldung per Telegramm von der Front. Der Weg in den Circle war frei.

Kapitel 11 – Emergency Pick-up

»Gut gemacht!« Joe empfing ihn mit offenen Armen und breitem Grinsen, als Paxton zurück nach Gatka gejoggt kam.

»Gar nicht übel«, sagte Manga-Mädchen, getreu ihrem Motto ›Nicht geschimpft ist gelobt genug.‹.

»Das war ein absoluter Volltreffer!«, rief Paxton außer Atem und mit trockener Kehle. »Leider ist auch deren Wagen ein Totalschaden.«

Er zog seinen Rucksack wieder auf und leerte einen Energy-Drink. Seine gierigen Schlucke überdeckten ein Geräusch, das er sonst von Weitem gehört hätte. Dank seiner Euphorie hatte Paxton die Bluezone völlig vergessen. Und nun hatte sie sie eingeholt. Alles um ihn herum bekam einen Blaustich, seine Haut begann zu brennen, und das Atmen fiel ihm schwer. Lange würde er das nicht aushalten.

»Ach du Scheiße!«, rief er. »Wir werden sterben!«

»So schnell sterben wir nicht«, entgegnete Joe. Er und Manga-Mädchen futterten jeder eine Packung Schmerztabletten, als wären es Smarties. »Aber zu Fuß wird das ein wahrer Todesmarsch.«

Paxton tat es ihnen gleich und war erleichtert, dass die Tabletten die Symptome der Bluezone etwas milderten.

»Wenn wir doch nur einen Emergency Pickup hätten«, sagte Joe mit dem Blick zum Himmel und klang dabei, als würde er laut denken.

»Was ist das denn?«, fragte Paxton. Es dauerte einen Moment, bis Joe seine Frage registrierte und ihn ansah.

»Eine große Tasche mit einem Signalballon, den man aufsteigen lässt, um von einem Helikopter abgeholt zu werden«, erklärte er.

»Was hast du gesagt?«, fragte Paxton.

»Mach dir keine Hoffnungen. Der Helikopter holt hier niemanden raus, sondern nimmt uns nur ein Stück mit.«

»Das meinte ich nicht«, erwiderte Paxton. »Hast du große Tasche gesagt?«

»Äh, ja.«

»Einen Moment!«, rief Paxton und rannte los. Keine Minute später kam er mit einer Tasche über der Schulter aus dem Haus zurück, das er zuvor nach einem Benzinkanister durchsucht hatte.

»Nicht dein Ernst!«, sagte Joe.

»Ihre Lieferung!«, entgegnete Paxton nicht ohne Stolz und warf ihm die Tasche vor die Füße. »Wenn sie hier bitte unterschreiben würden.«

»Und damit kommst du erst jetzt um die Ecke?«, fragte Manga-Mädchen vorwurfsvoll.

»Erst jetzt?« Paxton tat empört. »Sie haben vor weniger als einer Minute bestellt.«

Manga-Mädchen schüttelte verständnislos den Kopf und sogar Joe verdrehte die Augen.

»Noob!«, zischte sie über das Ratschen des Reißverschlusses der Tasche hinweg. Wie von Geisterhand blähte sich ein weißer Ballon auf und schoss an einem Seil gen Himmel.

»Was hab ich denn jetzt wieder falsch gemacht?«, fragte Paxton.

»Nichts«, entgegnete Joe. »Aber wir hätten uns die gesamte Mörser-Aktion sparen können.«

»Nicht zu vergessen, dass wir längst im Circle wären«, ergänzte Manga-Mädchen.

»Woher soll ich denn wissen, was in der Tasche ist?«, fragte Paxton und sah an dem Seil entlang zu dem Ballon hinauf. Er war mittlerweile fast fünfzig Meter in die Höhe gestiegen. »Wenn sich einer die Sache mit dem Mörser gerne erspart hätte, dann ich.«

»Schon in Ordnung.« Joe versuchte ihn zu beschwichtigen und reichte ihm einen der Karabiner am Ende des Seiles. »Klink dich lieber ein und dann hauen wir hier ab.«

Als Paxton nach dem Haken griff, schepperte hinter ihnen ein Schuss und etwas streifte seine Hand.

»Autsch!«, schrie er. »Feindkontakt!«

Alle drei nahmen ihre Sturmgewehre in Anschlag und gingen in die Hocke. Es folgten weitere Schüsse aus westlicher Richtung, die ihr Ziel zum Glück allesamt verfehlten. Das war ungewöhnlich. Ebenso deren Frequenz und Klang kamen Paxton seltsam vor.

»Bots!«, rief Manga-Mädchen genervt und stand wieder auf. Joe erhob sich ebenfalls und entfernte sich ein Stück vom Seil. Paxton folgte ihm.

»Die hat der Ballon angelockt«, sagte Joe und feuerte auf einen Kerl in Jeans und T-Shirt mit Motorradhelm und Polizeiweste. Paxton eröffnete das Feuer auf einen ähnlich schlicht gekleideten Blondschopf neben einem kleinen Wachturm am Rande der Siedlung. Doch dieser bewegte sich so unvorhersehbar hin und her, dass es Paxton schwerfiel, ihn zu treffen. Derweil ignorierte Manga-Mädchen die Salven der zu dem Team gehörenden Frau und knallte sie mit einem Kopfschuss ab.

»Was für eine Verschwendung!«, maulte sie. »Die Munition der AWM ist viel zu schade für Bots.«

Einen zweiten Peitschenschlag der AWM später, blieb nur der blonde Typ übrig, der sich hinter dem Wachturm versteckt hatte. Paxton näherte sich mit dem erhobenen M4, linste um die Ecke und traute seinen Augen nicht. Der Blondschopf stand mit dem Gesicht an der Wand, drehte sich um, machte ein paar Schritte, wendete abermals und lief wieder gegen die Mauer des Wachturms. Wie in einer Endlosschleife gefangen, wiederholte er dieselbe Routine ein ums andere Mal. Paxton schien er dabei gar nicht zu bemerken.

»Das müsst ihr euch ansehen!«, rief Paxton seine beiden Teamkameraden über Funk herbei. Es dauerte nicht lange, bis Manga-Mädchen und Joe neben ihm standen.

»Diese Bots hat garantiert der Praktikant programmiert«, sagte Joe.

»Was sind denn Bots?«, fragte Paxton.

»Na, NPCs eben«, erwiderte Manga-Mädchen.

Als ob ein kryptisches Akronym besser wäre als ein Fremdwort.

»Non-Player Character«, erklärte Joe. »Das bedeutet, dass sie nicht von einem Spieler gesteuert werden.«

»Du meinst, sie können tun und lassen, was sie wollen?«, fragte Paxton fasziniert.

»Von wegen!«, rief Joe. »Sie werden von einem Computer gelenkt. Und hier siehst du, was dabei rauskommt.«

Als der Bot abermals vor der Wand stand, trat Paxton an ihn heran und schwenkte seine Hand vor dessen Augen. Der Bot starrte geradeaus, als könnte er sowohl durch Paxtons Handfläche als auch durch die Betonwand des Wachturms sehen.

»Das ist ja irre«, sagte Paxton.

»Das ist einfach nur traurig«, erwiderte Manga-Mädchen und wandte sich angeekelt ab. »Bereite dem Trauerspiel ein Ende, oder ich tu's!«

Über ihren Köpfen kündigte das donnernde Wummern eines Hubschraubers ihre Evakuierung an. Doch Paxton konnte seinen Blick nicht von dem Bot abwenden.

»Beeilung!«, rief Joe. »Sonst verpasst du deine Mitfahrgelegenheit.«

»Sorry«, sagte Paxton, fasste sich ein Herz und erlöste den Bot aus seinem Elend. Mit ihm starb Paxtons Hoffnung auf ein besseres, selbstbestimmtes Leben. Dann doch lieber dem Willen eines Menschen folgen statt einem erratischen Algorithmus.

Der Helikopter war keine hundert Meter mehr entfernt und Paxton rannte, so schnell er konnte, auf den Ballon zu. In letzter Sekunde streifte er das Geschirr des Fallschirms über, klinkte den Karabiner ein und wurde mit einem gewaltigen Ruck in die Luft gerissen.

Kapitel 12 – Bridge Camp

Paxton hätte vor Schmerz geschrien, wenn ihm die Luft dazu geblieben wäre. Doch der Brustgurt mit der Leine daran war kurz davor, ihm sämtliche Rippen zu brechen. Gleichzeitig war seine Wirbelsäule beim Abheben dermaßen gestaucht worden, dass er locker zwei Zentimeter Körpergröße eingebüßt hatte. Der Schleudersitz eines Düsenjets war ein Scheißdreck dagegen und mit den Rotorblättern des Helikopters über ihren Köpfen ohnehin keine gute Idee.

»Jippie!«, rief Manga-Mädchen neben ihm, als säße sie in einer Achterbahn. Fehlte nur, dass eine versteckte Kamera ein Erinnerungsfoto schoss.

»Wie wär's mit einem Bridge Camp?«, fragte Joe.

»Der Circle schreit ja förmlich danach«, entgegnete Manga-Mädchen.

Paxton sah zwar, dass eine der beiden Brücken, die nach Military Island führten, im Circle lag, doch warum sie darunter kampieren wollten, erschloss sich ihm nicht.

»Na, dann«, sagte Joe und platzierte eine Markierung auf der Karte. »Lasst uns am gegenüberliegenden Ufer landen und dort Stellung beziehen.«

Obwohl sie nicht gerade erste Klasse flogen, war Paxton nicht scharf darauf, dass ihr Flug bald endete.

Ihm graute davor, sich auszuklinken. Zwei Fallschirmsprünge an einem Tag waren eindeutig zu viele.

»Auf mein Kommando!«, rief Joe. »Drei, zwei, eins und los!«

Widerwillig löste Paxton die Verbindung zum Hubschrauber, was einer Abnabelung gleichkam. Hier oben war er wenigstens in Sicherheit gewesen. Die Schwerkraft waltete ihres Amtes und das dafür zuständige Sinnesorgan – sein Magen – bestätigte den freien Fall. Diesmal schaffte er es zumindest, nicht ins Trudeln zu geraten, und behielt weitestgehend die Orientierung. Ohne allzu große Mühe hielt er auf Joes Markierung zu und bestaunte dabei die gewaltige Stahlkonstruktion der Brücke. Neben der zweispurigen Fahrbahn führten an beiden Seiten abgehängte Fußgängerwege über das Meer. Lagen dort nicht allerhand Erste-Hilfe-Sets und Schmerztabletten herum? Aus seiner Höhe konnte man es nur schwer erkennen. Derart abgelenkt versäumte er, seinen Fallschirm rechtzeitig zu ziehen, um den Marker zu erreichen.

»Verdammt!«, rief Paxton und zog die Reißleine. »Ich komm nicht ans andere Ufer.«

»Das wäre auch jammerschade«, entgegnete Manga-Mädchen über ihm, nie um eine sexuelle Anspielung verlegen.

Sie und Joe hatten ihre Fallschirme längst geöffnet und glitten in Seelenruhe und in flachem Winkel ans Ziel. Paxton hingegen hatte die Wahl zwischen einer Landung im Wasser oder einer Landung auf der Fahrbahn durch die Querträger der Brücke hindurch. Letzteres kam dem Versuch gleich, mit einem Jumbojet durch einen Jägerzaun zu fliegen. Trotzdem war die

Aussicht, nass zu werden, nicht sonderlich verlockend. Zumal Paxton keine Ahnung hatte, ob er überhaupt schwimmen konnte. Er entschied sich für den Jägerzaun.

An seinen Füßen huschten die Stahlträger vorbei wie Bahnschwellen unter einem fahrenden Zug. Mit den Zehenspitzen verfehlte er den ersten, streifte den zweiten, stolperte über den dritten, schlug sich das Schienbein am vierten an – autsch – und knallte mit dem Oberkörper gegen den fünften – uff. Dem Knacksen in seinem Brustkorb nach hatte zumindest eine seiner Rippen nun doch nachgegeben. Nichts, was ein paar Schmerztabletten nicht beheben könnten. Problematischer war, die Distanz zwischen seinen Füßen und der Fahrbahn, die Paxton ein bis zwei Knöchelbrüche hoch einschätzte. Das konnte warten. Stattdessen zog er sich an dem Stahlträger empor und legte sich flach hin, um zu verschnaufen.

»Wow!«, rief Manga-Mädchen. Diesmal konnte selbst sie sich eine gewisse Anerkennung im Tonfall nicht verkneifen. »Wie hast du denn das geschafft?«

»Anfängerglück«, erwiderte Paxton.

»Bleib auf jeden Fall da oben und halte Ausschau nach näher kommenden Autos!«, sagte Joe. »Ich hole derweil da vorne den Jeep.«

»Alles klar.«

Paxton warf einen Blick auf die Karte, um sich zu orientieren. Am anderen Ende der Brücke führte die Straße über eine Landzunge, die in ihrer Form einer Haifischflosse ähnelte. Die Straße folgte der Küstenlinie Richtung Nord-Ost bis zu einer Ortschaft namens

Mylta. Eine Tankstelle versperrte den Großteil der Aussicht nach Nordwest, wo die Steilküste in einem flachen Strand gen Westen auslief. Dessen Ufer war gespickt mit Panzersperren, die ihre stählernen Dornen wie angespülte Seeigel in die Höhe streckten. Bewegte sich dazwischen nicht was – womöglich ein Motorrad?

Paxton zückte die Kar98, um sich mithilfe des Zielfernrohrs zu vergewissern. Durch die starke Vergrößerung verengte sich sein Blickfeld derart, dass er Mühe hatte, etwas ins Visier zu bekommen. Doch der lauter werdende Sound des Motors passte zu einem Bike und kam schnell näher. Einen Wimpernschlag lang huschte ein dunkler Fleck durch sein Visier, bevor er hinter der Klippe verschwand. Paxton sah vom Zielfernrohr auf und traute seinen Augen nicht, als der Motorradfahrer plötzlich über das Dach der Tankstelle flog und dabei einen Salto mortale vollführte. Er musste die Steilküste als Schanze benutzt haben – krank!

Jetzt riss er den Lenker herum und hielt direkt auf Paxton zu. Einem solch tollkühnen Styler hinterhältig aufzulauern, kam ihm fast schäbig vor. Ein kurzes Zögern genügte, dass dieser unbeschadet unter Paxton hindurch düste. Doch ein direkter Treffer von Manga-Mädchen sorgte nur Meter später für ein abruptes Ende seiner Fahrt. Das Projektil der AWM traf seine Brust mit solcher Wucht, dass es ihn aus dem Sattel hob wie einen Ritter beim Lanzenreiten. Sein lebloser Körper schlitterte über den Asphalt und blieb erst nach Dutzenden Metern liegen. Das Motorrad rollte unbeirrt weiter und knallte gegen eines der Autowracks am Ende der Brücke.

»Genießt du nur die Aussicht oder gedenkst du auch mal zu schießen?«, fragte Manga-Mädchen über Funk.

»Das ging alles so schnell«, entgegnete Paxton. »Beim nächsten Mal bin ich bereit.«

Joe kam derweil mit dem Jeep angefahren, parkte ihn neben dem Autowrack quer zur Fahrbahn und stieg aus.

»Passt genau«, sagte er und schob das Motorrad ein Stück zur Seite, um den Zwischenraum zum Brückengeländer zu schließen. Ihre Straßensperre war nahezu komplett und ließ außer einer autobreiten Lücke keinerlei Möglichkeit zu, durchzufahren. Er und Manga-Mädchen bezogen in Erwartung weiterer Gegner links und rechts davon Position. Ihre Falle war gestellt und jederzeit bereit zuschnappen.

Eine Weile tat sich wenig und Paxton merkte, wie seine Gedanken abschweiften und seine Aufmerksamkeit nachließ. Ein Hubschrauber, an dem ein komplettes Squad hing, flog über die Meerenge hinweg. Eher aus Langeweile gab Paxton ein paar Schüsse auf dessen Mitglieder ab. Rechnerisch lag die Wahrscheinlichkeit eines Treffers nahezu bei null. Und obwohl er mehrere Meter vorhielt, um die Geschwindigkeit des Helikopters zu berücksichtigen, deutete nichts darauf hin, dass eine Kugel ihr Ziel gefunden hätte. Weder ein Blutspritzer, geschweige denn der Killfeed.

Nach fünf vergeblichen Schüssen gab er auf, um keine weitere Munition zu verschwenden. Stattdessen sah er sich die Mitglieder des Squads genauer an und wäre vor Schreck fast von seinem Stahlträger gefallen. An einem der Seile hing Neo, dessen Ledermantel im Wind flatterte wie die Flügel einer Fledermaus. Er grinste in Paxtons Richtung und zeigte ihm den Stinkefinger. Als er dann noch die Geste mit seinem Daumen an der Kehle wiederholte, konnte Paxton nicht mehr an sich halten und wechselte zum M4. Im Dauerfeuermodus ballerte er Neo so lange hinterher, bis der Lauf seines Sturmgewehrs glühte.

»Alles in Ordnung bei dir?«, rief Joe. »Siehst du was, was ich nicht sehe?«

»Sorry«, entgegnete Paxton. »Musste mich kurz ein wenig abreagieren.«

»Okay. Solange du die Straße im Auge hältst.«

»Sowieso«, sagte Paxton in der Hoffnung, dass Joe ihm glaubte, und wandte den Blick das erste Mal seit Langem gen Norden. Und wie sich bald herausstellte, keine Sekunde zu früh.

Auf der Straße raste ein orangefarbenes Coupé auf sie zu und war im Begriff, die Brücke zu überqueren. Am Steuer des Zweisitzers saß ein Mann, an dem irgendetwas anders war – aber was? Paxton brauchte einen Moment, bis ihm klar wurde: Sein Head-up-Display blendete einen Namen über dem Kopf des Fahrers ein, was es sonst nur bei Manga-Mädchen und Joe tat. Moment! Hieß das etwa, dass da ihr viertes Teammitglied in Anfahrt war?

»Nicht schießen!«, rief Paxton.

»Das sagt echt der Richtige«, erwiderte Manga-Mädchen.

»Hey, Team!«, erklang eine neue Stimme über Funk. »Hier PlugTwo.«

»Hi, PlugTwo«, antwortete Joe. »Wo warst du so lange?«

»Sorry, anfangs war ich AFK und dann ist mein Game gecrasht.«

»Shit happens«, sagte Joe.

»Roadblock?«, fragte PlugTwo, zog die Handbremse und driftete, ohne auf die Antwort zu warten, in die verbliebene Lücke der Straßensperre. Ihr viertes Teammitglied war alles, nur kein Newbie.

Paxton kletterte von seinem Aussichtspunkt herab, um den Neuankömmling zu begrüßen. Sein Versuch, dabei möglichst souverän zu wirken, scheiterte grandios. Doch Paxton verkniff sich das Jammern und überließ den Schmerztabletten das Problem seines verknacksten Fußes.

»Hi, ich bin Paxton«, sagte er und nannte das Offensichtliche beim Namen. Immerhin stand der ja über seinem Kopf.

»Hi!«, antwortete PlugTwo. »Eins A Bridge Camp, das ihr hier habt.«

»Danke«, entgegnete Paxton und tat so, als hätte er längst gewusst, was der Begriff bedeutete. Genau wie bei seiner nächsten Frage. »Du warst aber lange AFK.«

»Ja, sorry. Mein Spieler war Away from Keyboard und hat die Wäsche aufgehängt. Dass die Lobby so schnell voll war, hat ihn wohl überrascht.«

»Wem sagst du das?«, rief Paxton. »Diese Spieler machen alles Mögliche, statt sich um unser Überleben zu kümmern. Crasht dein Game denn öfter?«

»Deins etwa nicht?«, erwiderte PlugTwo. »Meins stürzt seit dem letzten Grafikkarten-Update ständig ab. Da hilft dann meist nur, den PC neu zu starten.«

»Das ist ja nervig.«

»Wie man's nimmt. Ich liebe es, wenn ich hier hin und wieder mein eigener Herr bin. Aber oft kommt es schlicht ungelegen.«

Paxton wurde hellhörig. Bedeutete das etwa, man hatte einen freien Willen, sobald das Spiel abstürzte?

Doch ihm blieb keine Zeit, dem Gedanken nachzugehen, denn neben ihm wurde Manga-Mädchen aus heiterem Himmel niedergeschossen.

Kapitel 13 – Speedboat

Eine gute Sekunde später erreichte der Schall des Schusses ihre Stellung aus südlicher Richtung.

»Feindlicher Beschuss von hinten!«, rief Joe. »Alle Mann auf die andere Seite der Barrikade!«

»Aber was ist mit Manga-Mädchen?«, fragte Paxton und zeigte besorgt auf seine Teamkameradin.

»Keine Sorge«, röchelte sie auf allen vieren. »Ich steh auf von hinten.«

»Spar dir lieber deinen Atem!«, entgegnete Paxton. »Wir holen dich aus der Schusslinie.«

Doch Joe rutschte über die Motorhaube des Coupés und ging dahinter in Deckung. Paxton konnte es nicht fassen. Er bückte sich zu Manga-Mädchen hinunter, um sie auf seine Schultern zu hieven. In dem Moment hörte er unweit von sich ein metallisches Klackern auf dem Asphalt.

»Granate!«, rief Joe.

Verdammt! Das war's dann wohl. Bilder der Ereignisse seines kurzen Lebens zogen an Paxtons innerem Auge vorbei. Darunter waren auffällig viele Erinnerungen an Manga-Mädchen. Ihm blieben maximal drei Sekunden, um ihr seine Gefühle zu beichten.

»Ich wünschte, uns wäre mehr Zeit geblieben«, sagte Paxton in einem ersten unbeholfenen Versuch.

»Wofür?«, fragte Manga-Mädchen.

»Na ja, um uns besser kennenzulernen.«

»Mehr nicht?«

»Wenn es nach mir ginge, auch mehr.«

»Ein romantisches Chicken Dinner mit Kerzenlicht zum Beispiel?«

»Warum nicht?«

»Also vögeln!«

»Das habe ich nicht gesagt.«

»Aber gemeint!«

Bevor er etwas erwidern konnte, klickte der Zünder der Granate. Paxton warf sich über Manga-Mädchen, um sie mit seinem Körper zu schützen.

»Holla, nicht so stürmisch!«, rief sie.

Doch statt einer Explosion erklang nur ein leises Zischen. Ein Blindgänger? Paxton konnte sein Glück kaum fassen. Als ihn eine zunehmend größer werdende Rauchwolke umhüllte, wunderte er sich jedoch. Beim zweiten Hinsehen fiel ihm auf, dass die Granate nicht kugelförmig, sondern zylindrisch war.

»Habe ich vergessen dazuzusagen«, meldete sich Joe. Paxton konnte sein breites Grinsen in der Stimme förmlich hören. »War eine Rauchgranate. So habt ihr etwas mehr Privatsphäre.«

»Wie witzig!«, entgegnete Paxton und rollte sich von Manga-Mädchen.

»Das ging aber schnell«, sagte sie mit einem enttäuschten Seufzer. »Wenn du fertig bist, könntest du mir wenigstens hochhelfen.«

Paxton verarztete sie, bis sie sich aufrichten und die restlichen Wunden selbst verbinden konnte. Derweil kletterte er über die Autos und verschanzte sich hinter der Barrikade.

Die Schüsse hatten aufgehört, doch sobald der Rauch sich verzogen hatte, suchten sich die Kugeln neue Ziele. Ein Reifen nach dem anderen platzte, ohne dass sie etwas dagegen tun konnten.

»Die hocken da oben auf dem Gipfel mit dem Sendemast«, sagte PlugTwo. »Hier unten sind wir ihnen komplett ausgeliefert.«

»Schaut euch das an!«, rief Joe. »Der Circle hat einen Hardshift nach Südwest gemacht.«

»Verdammt!«, rief Manga-Mädchen. »Wir müssen genau an ihnen vorbei und haben keinen fahrbaren Untersatz mehr. Zumindest keinen mit Reifen.«

»Noch mal Mörser könnt ihr euch abschminken!«, sagte Paxton, bevor irgendwer auf falsche Gedanken kam.

»Für den habe ich eh keine Granaten mehr«, entgegnete Joe.

»Lasst runter von der Brücke und entlang des östlichen Ufers laufen!« PlugTwo kannte die Gegend offensichtlich gut.

»Und wenn wir auf das nächste Auto warten?«, fragte Paxton. »Hier kommen garantiert weitere Teams durch.«

»Wer jetzt noch nicht drüben ist, verreckt in der Bluezone«, entgegnete Manga-Mädchen. »Da kommt niemand mehr lebend raus.«

»Um was wetten wir?«, fragte Paxton.

»Keine Chance. Da koch ich dir das romantische Dinner sogar selbst.«

»Abgemacht!«, sagte Paxton.

»Okay, aber wenn du verlierst, dann tanzt du uns was vor.«

»Äh, ich kann überhaupt nicht tanzen.«

»Eben!«, rief Manga-Mädchen und streckte ihre Hand aus.

Paxton zögerte kurz, bevor er einschlug. Danach betete er inständig, dass er die Wette gewinnen würde. Denn egal wie es um ihre Kochkünste gestellt war, sie waren seinen nichtexistenten Tanz-Skills definitiv überlegen.

Während sie warteten, lauschte Paxton angestrengt in der Hoffnung auf ein näher kommendes Motorengeräusch. Doch bis auf die gelegentlichen Einschläge in die Karosserien ihrer Straßensperre blieb es still. Unterdessen malte Paxton sich die peinliche Tanzszene aus, bis er in weiter Ferne ein Brummen vernahm.

»Hört ihr das?«, rief er. »Da kommt was.«

Paxton setzte sein Kar98 an und suchte mit dem Visier das andere Ende der Brücke ab. Das bläuliche Licht der Bluezone machte es nicht leichter, etwas zu erkennen. Sosehr er sich auch bemühte, ein Auto war weit und breit nicht zu sehen. Gleichzeitig kam das Motorengeräusch immer näher. Wie war das möglich?

»Das ist kein Auto auf der Brücke!«, rief Joe und sprang auf. »Sondern ein Boot darunter.«

Sein Geistesblitz wäre um ein Haar wieder erloschen, als eine Kugel seinen Helm streifte. Joe duckte sich und fragte: »Hat jemand Smokes?«

Diesmal war es PlugTwo, der mit einer ganzen Reihe an Rauchgranaten eine Wand aus Qualm schuf, in deren Schutz sie an den Rand der Brücke treten konnten. Unter ihnen pflügte ein voll besetztes Motorboot durch die Wellen, dessen Insassen sofort das Feuer eröffneten. Kugeln surrten wie angriffslustige Wespen um ihre Köpfe und schlugen Funken an der stählernen Brücke. PlugTwo legte den Lauf eines Maschinengewehrs, das als Bordkanone eines Hubschraubers getaugt hätte, auf das Geländer.

»Sagt Hallo zu meinem MG3!«, rief er und drückte ab. Das Dauerfeuer klang wie das Stakkato einer Nähmaschine, aus dem einzelne Schüsse kaum herauszuhören waren. »Neunhundertneunzig RPM, Baby!«

Die Mündung spuckte einen Faden aus Blei, als wollte sie die Leichensäcke für die Passagiere gleich mitnähen. Im Vergleich dazu klackerten die Sturmgewehre von Paxton, Joe und Manga-Mädchen wie Stricknadeln einer Großmutter im Schaukelstuhl.

Trotzdem machten die gemeinsamen Salven kurzen Prozess mit den Insassen. Ohne den Steuermann am Gas verlor das Boot schnell an Geschwindigkeit und kam fünf Bootslängen vom Ufer entfernt zum Halten.

»Da haben wir unser Ticket in den nächsten Circle!«, rief Joe.

»Wette gewonnen!«, sagte Paxton und sah hinüber zu Manga-Mädchen. »Ich freue mich schon auf das leckere Abendessen.«

»Von Booten war nie die Rede, sondern von Autos«, entgegnete die. »Ich kanns kaum erwarten, dich tanzen zu sehen.«

»Das ist nicht dein Ernst!«, erwiderte Paxton. »Joe, sag doch auch mal was!«

»Achtung, Arschbombe!«, rief der stattdessen und sprang, gefolgt von PlugTwo, von der Brücke.

Paxton kletterte auf den schmalen Vorsprung auf der anderen Seite des Geländers. Dort zögerte er, denn es ging mindestens zehn Meter in die Tiefe. Außerdem war da noch die Sache mit dem Schwimmen. Er konnte sich nicht erinnern, jemals das Seepferdchen abgelegt zu haben – geschweige denn den Freischwimmer. Hinter ihnen löste sich die Rauchwand sprichwörtlich in Luft auf und die ersten Schüsse vom Gipfel des Berges ließen nicht lange auf sich warten. Paxton hatte die Wahl zwischen Tod durch Erschießen oder Ertrinken.

»Höhenangst?«, fragte Manga-Mädchen neben ihm.

»Ein bisschen«, antwortete Paxton mit einem Kloß im Hals.

Sie nahm seine Hand und sagte: »Zusammen auf drei! Eins, Zwei, ...«

»Moment!«, rief Paxton, doch es war zu spät.

»Drei!«

Manga-Mädchen riss ihn mit sich in den Abgrund. Paxton strampelte mit den Beinen und vergaß vor lauter Panik, Luft zu holen, bevor er in die grauen Fluten eintauchte.

Seine Klamotten sogen das kalte Nass auf wie ein Schwamm und zerrten ihn auf den Grund des Meeres. Die Kälte schnürte ihm den Brustkorb zu. Seine Waffen sowie der prall gefüllte Rucksack taten ihr Übriges. Die Sicht unter Wasser war erstaunlich klar und Paxton rechnete jeden Moment damit, dass ein Hai aus den tiefblauen Weiten vor ihm auftauchte. Stattdessen war es Manga-Mädchen, die ihn an den Schultergurten packte und sich mit ihm vom sandigen Meeresgrund abstieß. Mit Froschbeinschlag und Propellerarmen kämpfte sich Paxton aus der Tiefe empor. Als sein Kopf endlich die Wasseroberfläche durchbrach, schnappte er gleich einem getunkten Fünftklässler nach Luft. Zum Glück war er direkt neben dem Boot aufgetaucht und konnte sich an der Strickleiter, die über die Reling hing, festhalten. Joe hievte ihn wie einen nassen Sack an Deck, wo er erschöpft auf dem Rücken liegen blieb. Sein Brustkorb hob und senkte sich in dem verzweifelten Versuch, ihn mit ausreichend Sauerstoff zu versorgen.

»Man könnte meinen, du wärst vom anderen Ufer hierher geschwommen«, spöttelte Joe und reichte Manga-Mädchen beim Betreten des Decks die Hand. Die erstarrte einen Moment und blieb wie angewurzelt stehen.

»Was hat sie denn?«, fragte sich Paxton zwischen zwei tiefen Atemzügen.

»Ich schätze, ihre Internetverbindung ist unterbrochen«, antwortete Joe und hob Manga-Mädchen auf einen der Sitzplätze. »Passiert manchmal beim ersten Spiel des Tages. Die ist gleich wieder da.«

»Bist du dir sicher?«, fragte Paxton alarmiert.

»Klar. Kein Grund zur Sorge«, entgegnete Joe.

Und tatsächlich erwachte Manga-Mädchen kurze Zeit später aus ihrer Schockstarre.

»Ups, Sekundenschlaf!«, rief sie und schüttelte sich kurz. »Meine Spielerin hat ab und an Probleme mit ihrem ISP. Bis sie wieder online ist, kann ich machen, was ich will.«

Sie sah Paxton lasziv an und legte ihre Hand auf sein Knie. Die Stelle, an der sie ihn berührte, knisterte förmlich wie die Bluezone – aber in angenehm.

»Volle Kraft voraus!«, rief PlugTwo und gab Gas. Er schlug das Steuer ein und setzte Kurs Richtung Südost. Der Bug des Boots stampfte durch die Wellen und sprühte kalte Gischt in Paxtons Gesicht. Vom Fahrtwind trocknen lassen, schied definitiv aus. Genauso wie auf die Avancen von Manga-Mädchen einzugehen, denn kaum hatten sie die Meerenge zwischen den beiden Inseln verlassen und das offene Meer erreicht, wurde Paxton durch das Auf und Ab der Wellentäler seekrank. Tolles Timing! Den Rest der Fahrt hing er mit dem Kopf über der Reling und würgte den Inhalt seines Magens hoch. Fische entlang ihrer Route würden in den nächsten Tagen garantiert weder Schmerz empfinden noch schlafen.

Eine Atlantiküberquerung später, so kam es Paxton zumindest vor, landete PlugTwo das Boot in einer kleinen Bucht an. Deren nahezu senkrechte Felswände hätten selbst in bester Verfassung eine riskante Kletterpartie dargestellt. Dank der Ebbe lag der Rand der Klippe höher als ohnehin schon. Ihr Erklimmen in Paxtons aktuellem Zustand glich der Besteigung des Mount Everests.

»Runter von dem Kahn, ihr alten Landratten!«, rief Joe. »Frauen und Kinder zuerst.«

»Er meint uns«, sagte Manga-Mädchen und griff Paxton etwas zu grob unter die Arme. Scheinbar hatte ihre Spielerin wieder übernommen. Mit der Gesichtsfarbe im grünen und einem Kreislauf im kreidebleichen Bereich kletterte Paxton von Bord. Auf butterweichen Beinen watete er durch das kalte Wasser und fiel am Strand auf die Knie wie Christopher Columbus nach der Entdeckung Amerikas.

Kapitel 14 – Up in the Air

Paxtons Fingerkuppen bluteten und das Meerwasser biss in seinen Wunden. Der von messerscharfen Muscheln überwucherte Fels stand einem Zaun mit NATO-Draht in nichts nach. Der Aufstieg gestaltete sich beschwerlich und qualvoll zugleich. Übelkeit und Schwindel waren Schmerz und Schweiß gewichen – aus Paxtons Sicht alles andere als ein Good Trade.

Über ihm hüpfte Manga-Mädchen wie eine Bergziege von einem Felsvorsprung zum nächsten. Den Ausblick unter ihren Rock konnte Paxton nicht sonderlich genießen. Dafür brannte die Mischung aus Salzwasser und Schweiß zu sehr in seinen Augen. Weiter oben kletterten Joe und PlugTwo um die Wette, als wären sie Sir Edmund Hillary und Reinhold Messner.

Paxtons Hand suchte nach einem Griff am Felsüberhang über seinem Kopf. Zumindest war er mittlerweile oberhalb der Flutwasserkante und hatte die Muscheln hinter beziehungsweise unter sich gelassen. Doch dafür boten die rund gewaschenen Felsen umso weniger Halt und Paxton drohte jeden Moment abzurutschen. Wie in Zeitlupe glitt die Sohle seines Schuhs von dem Vorsprung, auf dem sein linker Fuß ruhte. Der Stein unter dem Rechten wackelte bedenklich. Es war nur eine Frage der Zeit, bis beide sein Gewicht nicht mehr tragen würden. Mit den Fingerspitzen ertastete Paxton einen kleinen Riss, an dem er sich zwar hochziehen, aber nicht lange würde halten können. In der Hoffnung, auf irgendeine Kerbe oder einen Spalt weiter oben, sprang er ab.

Er schaffte es mit dem Oberkörper über den Absatz und lag mit dem Bauch auf dem Felsen. Wenn er jetzt abstürzte, wären Knöchelbrüche sein geringstes Problem. Er hatte es fast geschafft, doch der Rucksack wollte eindeutig in die entgegengesetzte Richtung wie ein mäkelndes Kind, dessen Eltern an einer Eisdiele vorbeigegangen waren.

»Nimm meine Hand!«, sagte Manga-Mädchen und beugte sich zu ihm hinunter. Dankbar griff Paxton nach ihr und zog sich samt nörgelndem Rucksack den Überhang hinauf.

Völlig erschöpft und abgekämpft kroch er über den Rand der Klippe. Oben angekommen blieb ihm keine Zeit zu verschnaufen.

»Wir müssen zu diesem Compound!«, rief Joe, der schon einen gehörigen Vorsprung hatte. »Hier sind wir nicht im Circle.«

Die sich zusammenziehende Bluezone gab Joe recht. Paxton schleppte sich über die Wiese zu der kleinen Ansammlung von Häusern und trank, aus Mangel an Alternativen, zwei Dosen des pappsüßen Energydrinks. Kurz bevor er eines der Gebäude betrat, fiel ihm ein ungewöhnliches Gefährt auf, das unweit von ihnen am Straßenrand parkte. Es war ein gelber Motordrachen auf drei Rädern, der zerbrechlicher wirkte als die Konstruktion der Gebrüder Wright. Eins war sicher – keine zehn Pferde würden ihn da hineinbringen.

Das hatte er sich zumindest vor nicht einmal fünf Minuten geschworen. Jetzt saß er auf dem hinteren Sitz des Gliders und sah die Landschaft unter sich vorbeiziehen. Warum hatte er sich bloß hierauf eingelassen? Waren es der Wille seines Spielers oder seine eigenen Rachegelüste gewesen?

Denn der Kopfschuss von Manga-Mädchen und die zerschossenen Autoreifen schrien förmlich nach Vergeltung. Nicht zu vergessen seine daraus resultierende Seekrankheit. Das Team, das ihnen ihr Bridge-Camp verdorben hatte, hockte weiterhin auf der Spitze des Berges und schoss auf alles, was sich bewegte. Der Gipfel lag am nordöstlichen Rand des Circles, von wo aus sie einen Großteil der verbleibenden Karte kontrollierten.

Paxton nahm einen der vier ins Visier seiner Kar98 und knockte das Mädchen mit roten und blauen Zöpfen in Harley Quinn Skin. Ein Treffer für die Ewigkeit, der ihn selbst erstaunte. Bevor er durchladen und einen Nachschuss setzen konnte, war sie durch die Tür des Gebäudes mit der Radarkuppel auf dem Dach gekrochen. Dort wurde sie garantiert von einem ihrer Teamkameraden wiederbelebt, während die anderen beiden das Feuer auf ihren Glider eröffneten. Dutzende Kugeln surrten an Paxton vorbei und durchlöcherten die Bespannung ihrer Tragflächen wie einen Schweizer Käse. Vor ihm nahm Joe die Hände von der Lenkstange, um das Feuer zu erwidern. Paxton wechselte zum M4 und ließ Blei auf ihre Gegner regnen. Da durchfuhr ihn ein Schmerz, als hätte ihn ein Dobermann in den Allerwertesten gebissen. Ein Projektil hatte seinen Sitz durchschlagen und sich in sein Gesäß gebohrt.

»Die durchsieben uns!«, rief Paxton. »Mir haben sie schon eine Kugel in die rechte Arschbacke gejagt.«

»Dann musst du den Rest des Fluges halt auf einer Backe absitzen«, entgegnete Joe und lachte, zumindest so lange, bis ihn eine Kugel an der Schulter traf.

»Das ist ein absolutes Himmelfahrtskommando«, rief Paxton mit Panik in der Stimme. »Wenn das so weitergeht, brauchen wir nicht mehr zur Landung ansetzen, sondern können direkt bei Petrus einchecken.«

»Nur falls wir stattdessen nicht in der Hölle landen«, erwiderte Joe. Paxtons Empfinden nach waren sie dort längst.

»Wie viele Granaten hast du dabei?«

Paxton tastete seine Weste ab und durchsuchte seinen Rucksack.

»Vier Splittergranaten und ein Molotow.«

»Mit meinen beiden sind das insgesamt sechs. Das reicht für eine kleine, private Redzone.«

»Was hast du vor?«, fragte Paxton, obwohl er sicher war, dass er die Antwort nicht mögen würde.

»Ich wende für einen letzten Überflug und dann lässt du es Granaten hageln.«

»Aber in dem Gebäude sind sie davor doch sicher.«

»Wenn ich den Anflug genau time, erwischen wir sie mitten in der Rotation. Es müsste mit dem Teufel zugehen, dass ihre aktuelle Position innerhalb des nächsten Circles liegt.«

Für Paxtons Geschmack waren das zu viele Wenns und Konjunktive.

Joes Flugbahn führte sie fast bis zu der Stelle ihres Bridge-Camps zurück, bevor er nach Osten einschwenkte, um über dem Containerhafen zu wenden.

Mit einer Flügelspitze in der Bluezone flog er eine lang gezogene Kurve, bis er direkt auf den Gipfel in westlicher Richtung zuhielt.

»Mach dich bereit!«, rief Joe. Mit der Bluezone im Rücken und der Bergspitze voraus, suchte Paxton die Landschaft mit den Augen ab.

Dort waren sie! Ameisenklein krabbelten ihre Gegner in den nächsten Circle, der sich über weite Teile der Militärbasis gelegt hatte. Wie Helikopter-Cowboys im australischen Outback trieben sie das gegnerische Team vor sich her. Paxton nahm eine Granate in jede Hand und hakte seine Zeigefinger in deren Ringe ein. Als Joe das Signal gab, zog Paxton die Arme auseinander und dabei die beiden Sicherungsstifte hinaus. Ohne zu zögern, ließ er die Handgranaten neben sich fallen und zückte das nächste Paar, bevor die ersten zwei explodiert waren. Er wiederholte die Prozedur, bis das halbe Dutzend voll war. Als Dreingabe warf er den Molotowcocktail hinterher.

»Flambierte Eisbombe mit sechs Kugeln!«, rief er. »Lasst es euch schmecken!«

Die Wirkung seines Bombardements war verheerend. Die Namen seiner Opfer tickerten über den Killfeed wie die Nachrichten im Livechat eines Streamers.

Genauso zahlreich prasselten mittlerweile Schüsse aus jeglicher Himmelsrichtung auf sie ein, denn jeder in der Zone hatte sie ins Visier genommen. Ihr Glider, langsam und schwerfällig wie ein Fasan, diente allen als ein willkommenes Ziel. Die Schonzeit war für beendet erklärt und sie zum Abschuss freigegeben worden. Nicht nur ihre Flügel, die bald mehr aus Löchern als aus Tragfläche bestanden, wurden getroffen, sondern auch der Motor. Was mit einem leichten Stottern anfing, steigerte sich schnell zu kompletten Aussetzern, bis er nach einem lauten Knall vollständig verstummte. Dunkler Rauch quoll aus dem Motorblock und zog eine schwarze Linie in den Himmel wie ein Graffiti-Writer mit einem fetten Edding. »Mayday, Mayday! Motorausfall. Notlandung eingeleitet«, rief Joe über Funk. »Wir gehen runter.«

Paxton war entsetzt und erleichtert zugleich. Endlich würde dieser Kamikazeflug sein Ende finden. Hoffentlich ein glimpfliches.

»Sehr geehrte Fluggäste«, meldete sich Manga-Mädchen über Funk. »Wir beginnen nun mit dem Landeanflug. Bitte klappen Sie die Tische hoch und stellen Ihre Rückenlehnen senkrecht.«

»Das ist nicht witzig!«, rief Paxton, obwohl dabei seine Mundwinkel zuckten. Er klammerte sich an das Gestänge des Motordrachens und flüsterte ein Stoßgebet an den Gott des Gamings.

»Ich lande auf dem alten Rollfeld der Militärbasis«, sagte Joe. »Am besten treffen wir uns dort bei einem der Hangars.«

»Alles klar«, erwiderte PlugTwo. »Wir machen uns auf den Weg.«

»Könnt ihr mir eine Stange Zigaretten aus dem Duty-free-Shop mitbringen?«, sagte Manga-Mädchen mit einem Grinsen. »Ich hatte überhaupt keine Kippe danach, seit dem Quickie mit Paxton.«

Paxton machte sich nicht die Mühe, darauf einzugehen. Doch eines stand fest: Wenn er das hier überleben würde, brauchte er ebenfalls eine Zigarette.

Kapitel 15 – Fog of War

Während ihres Landeanfluges bekam Paxton die ersten Tropfen ab. Ein grauer Schleier legte sich über den Himmel und Nebelschwaden zogen auf. Innerhalb kürzester Zeit verschlechterte sich die Sicht, sodass Paxton kaum die Hand vor Augen, geschweige denn den Boden unter ihren Füßen sehen konnte.

»Was für eine Waschküche!«, schimpfte Joe. »Ich seh einen Scheiß!«

Im Blindflug versuchte Joe mithilfe der Karte im Head-up-Display zu navigieren. Leuchtfeuer oder gar Fluglotsen waren auf dem verlassenen Rollfeld nicht zu erwarten. Der einzige Vorteil war, dass der Beschuss allmählich nachließ, weil der Nebel sie bald vollends verschluckt hatte.

»Hast du eine Ahnung, wie hoch wir sind?«, fragte Paxton, der nass bis auf die Haut war. »Ich habe völlig die Orientierung ...«

Weiter kam er nicht. Ein derartiger Ruck durchfuhr ihn, dass ihm die Luft wegblieb. Die Reifen des Motordrachens quietschten unter Protest und federten sie zurück. Wie ein Flummi hopsten sie über die Rollbahn und wurden dabei ordentlich durchgeschüttelt. Mit Cocktailshaker im Rucksack hätte Paxton den perfekten Martini gemixt. Dann endlich rollten sie ohne weitere Hopser aus und kamen zum Stehen. Beim Aussteigen schwankte Paxton, als hätte er vier oder mehr seiner Drinks getrunken.

»Meine sehr verehrten Damen und Herren. Wir sind soeben auf dem Flughafen von Military Island gelandet«, meldete sich Manga-Mädchen via Funk. »Danke, dass Sie Bluezone Air geflogen sind. Bitte bleiben Sie zu Ihrer eigenen Sicherheit noch so lange angeschnallt sitzen, bis wir unsere finale Parkposition erreicht haben und die Anschnallzeichen über Ihnen erloschen sind.«

»Nicht eine Sekunde länger bleibe ich auf diesem Bock hocken!«, rief Paxton und hielt sich genauso wenig an die Durchsage wie Passagiere eines Linienflugs. »Das war keine Landung, sondern ein kontrollierter Crash.«

»Dann wäre Bluescreen Air der passendere Name«, sagte PlugTwo, der zusammen mit Manga-Mädchen auf einem knatternden Strandbuggy angefahren kam.

»Verstehe ich nicht«, entgegnete Paxton.

»Na, wenn Windows abstürzt und dein Spieler den PC neu starten muss.«

»Ach das meinst du. Wodurch passiert so was?«, fragte er so beiläufig wie möglich.

»Da gibt's jede Menge Gründe«, entgegnete PlugTwo. »Übertaktete CPUs, veraltete Treiber oder zu hohe Grafikeinstellungen. Letzteres sorgt bei meinem Rechner manchmal für Spielabstürze, wenn es neblig ist und gleichzeitig Rauchgranaten gezündet werden.«

»Verstehe«, behauptete Paxton nicht völlig wahrheitsgemäß. Aber von der Sache mit dem Nebel und den Granaten machte er sich eine mentale Notiz.

Währenddessen begutachtete Manga-Mädchen den Motordrachen. »Erinnert mich bitte daran, dass ich Joe nie den Schlüssel zu meinem Wagen gebe.«

»Das sind doch nur ein paar Kratzer«, rief der aus dem nahe gelegenen Hangar. »Nichts, was man nicht mit ein wenig Panzertape und Farbe wieder hinbekommen würde.«

»Und ich bin die Kaiserin von China«, erwiderte Manga-Mädchen und ging ebenfalls zu dem mit Erdreich und Geröll getarnten Flugzeughangar.

Ob sie tatsächlich in China lebte?, fragte Paxton sich und musterte sie von der Seite. Ihrem Äußerem nach kam es hin. Andererseits hatte er keinen blassen Schimmer, wie sie im wahren Leben aussah. In Wirklichkeit wusste er nicht einmal mit Sicherheit, dass sie eine Frau war. Vor Paxtons innerem Auge entstand das Bild eines fetten Typs in Unterhemd und Jogginghose auf einem durchgesessenen Sofa, der Manga-Mädchen nach seinen perversen Fantasien gestaltet hatte und sich sabbernd daran aufgeilte, ihr Befehle zu erteilen.

Paxton war drauf und dran sie zu fragen, wer sie im richtigen Leben war, doch befürchtete, dabei eine Grenze zu überschreiten. Außerdem hatte er zu große Angst vor der Antwort. Was, wenn die Unterhemd-Theorie stimmte? Vorsichtshalber verband er sich die Wunde an seinem Hintern selbst.

»Seht euch mal den Killfeed an!«, rief PlugTwo. »Da draußen sterben die Leute wie die Fliegen.«

Das dazugehörige Trommelkonzert der Sturmgewehre ertönte in der Ferne und hallte von den Wänden des Hangars wider.

»In der Suppe läufst du leicht einem Gegner in die Arme, und merkst es erst, wenn es zu spät ist«, entgegnete Joe. »Lasst lieber warten, bis sich der Nebel verzogen hat!«

Paxton war froh um die Verschnaufpause und im Begriff, sich hinzulegen, als er abermals diese innere Stimme hörte, die ihm befahl, das genaue Gegenteil zu tun.

»Wohin willst du?«, fragte Manga-Mädchen.

»Von Wollen kann nicht die Rede sein«, antwortete Paxton. »Ich befürchte, mein Spieler ist scharf auf weitere Kills, bevor niemand mehr übrig ist.«

»Aber das ist glatter Selbstmord!«, rief Joe.

»Mir brauchst du das nicht sagen«, erwiderte Paxton.

Egal wie sehr Paxton dagegen ankämpfte, seine Versuche sich zu wehren, blieben erfolglos. Vollgepumpt mit Koffein und Schmerztabletten rannte er in Richtung Feuergefecht. Der dichte Nebel schluckte den Großteil des Lärms und dämpfte den scharfen Klang der Schüsse wie Watte in den Ohren.

Verwitterte Streifen auf dem Boden verrieten Paxton, dass er die Mitte des Rollfelds entlanglief. Seinem Spieler war es offenbar völlig egal, wie exponiert Paxton damit war. Dass er noch lebte, verdankte er ausschließlich der miserablen Sicht – so viel war sicher.

Apropos – täuschte er sich oder zeichneten sich in der Ferne Umrisse riesiger Skelette ab? Wie auf einem Dinosaurierfriedhof ragten die Ungetüme vor ihm in die Höhe. Erst beim genaueren Betrachten erkannte Paxton, dass es sich um ausgeschlachtete Flugzeugwracks handelte. Aluminiumrahmen alter Militärmaschinen lagen wie ausgeweidete Gerippe gigantischer

Flugsaurier neben dem Rollfeld verstreut. Statt des Gestanks von Verwesung lag der Geruch von verbranntem Gummi und Kerosin in der Luft. Paxton malte sich aus, wie kleine Aasfresser vor Urzeiten über die riesigen Körper geklettert sein mussten, um sie bis auf die Knochen abzunagen. Apropos – bewegte sich dort nicht etwas auf einer der Tragflächen? Es war unmöglich, mit Sicherheit zu sagen, denn Paxton sah alles wie durch eine Scheibe Milchglas. Dann ließ nahezu tonloses Mündungsfeuer den Nebel in kurzen Abständen leuchten, als wollte jemand eine Nachricht morsen. Man musste den Morsecode nicht beherrschen, um zu wissen, dass es keine Liebesgrüße waren, die da verschickt wurden. Kugeln aus dem Lauf eines DMR mit Schalldämpfer sausten über seinen Kopf hinweg. War der Schütze ein totaler Noob, oder zielte er gar nicht auf ihn? Als prompte Antwort auf seine Frage schlug eine Kugel in die Überreste des Flugzeugs, dicht gefolgt vom Knall eines Scharfschützengewehrs. Paxton war ins Kreuzfeuer zweier Teams geraten, die ihn jeden Augenblick entdecken und ins Visier nehmen konnten. Er musste sich unbedingt verstecken, aber außer einer Abschussrampe für Luftabwehrraketen war keine Deckung in Sicht. Die Alternative war, möglichst unentdeckt zurück zum Hangar zu rennen. Da schlugen die ersten Schüsse vor Paxtons Füßen ein und nahmen ihm die Entscheidung ab. Die Option, unbemerkt umzukehren, hatte sich soeben erledigt. Mit ein paar Sätzen war er bei der hochexplosiven Raketenbatterie und hechtete in die Mulde darunter. Eine ungeeignetere Deckung hätte er sich nicht aussuchen können. Paxton verfluchte seinen Spieler, der ihn in diese unsägliche Lage manövriert hatte.

»Wie läuft's da draußen, Junge?«, erklang Joes Stimme über Funk.

Nie zuvor war Paxton so froh gewesen, seine Stimme zu hören.

»Bescheiden«, antwortete er wahrheitsgemäß. »Zwei Teams streiten sich um meinen Skalp und ich hocke unter einer tickenden Zeitbombe.«

»Haben sie dir ein C4 an den Arsch geheftet?«, fragte Joe.

»Nein, aber unter den könnte ich mir eine der Raketen hier klemmen und einen auf Münchhausen machen. Anders komme ich hier nicht lebend raus.«

»Hört sich an, als könntest du Hilfe brauchen«, sagte Joe und klang dabei das erste Mal besorgt. Das ständige Lächeln in seiner Stimme war verstummt.

»Untersteh dich!«, rief Paxton. »Ihr bringt euch auf keinen Fall in Gefahr, nur weil mein Spieler ein blutiger Anfänger ist.«

»Die Verbindung ist miserabel«, behauptete Joe und ahmte ein statisches Rauschen nach. »Muss der Nebel sein.«

»Erzähl keine Märchen!«, entgegnete Paxton.

»Wer hat denn angefangen mit Münchhausen?«, fragte Joe direkt neben ihm. Er war die gesamte Unterhaltung über längst unterwegs gewesen. »Nettes Plätzchen hast du dir ausgesucht.«

»Was machst du hier?«, fragte Paxton.

»Strategiewechsel. Wir spielen mit einem Two-Two-Split weiter.«

»Soll heißen?«

»Wenn sie dich in die Zange nehmen, machen wir das mit ihnen eben auch«, erklärte Joe. »PlugTwo und Manga-Mädchen schleichen sich in den nächstgelegenen Hangar und wir kümmern uns um den Solo mit der SLR.«

»Woher weißt du ...?«

»Das erkenne ich selbst mit Schalldämpfer am Klang und der Schussfrequenz nach ist es nur einer.«

»Was schlägst du vor?«

»Ich schmeiße ihm zwei Blendgranaten um die Ohren und dann stürmen wir seine Position«, erklärte Joe seinen Plan. »Hast du Rauchgranaten übrig?«

Paxton checkte seinen Rucksack und fand sieben Stück darin. Er hatte es beim Looten ein klein wenig übertrieben.

»Save«, antwortete er und fischte eine von ihnen heraus.

»Die wirfst du nach Norden, damit das andere Team uns nicht in den Rücken schießt.«

»Alles klar«, sagte Paxton und zog den Zünder. Liegend und mit gestrecktem Arm schleuderte er die Granate aus ihrem Versteck. Sonderlich weit kam er so zwar nicht, aber zumindest die Richtung stimmte. Sie warteten, bis sich der Rauch einer Gewitterwolke gleich aufgetürmt hatte, und krochen unter dem Raketenwerfer hervor.

Ein Kugelhagel setzte ein und prasselte auf Paxtons Weste. Zwar ließ sie keine Kugeln hindurch, doch er kam sich vor wie der Boxsack von Mike Tyson. Neben ihm zerbarst Joes Helm nach einem Streifschuss. Ein weiterer Treffer und es hieß Game Over für ihn.

Paxton feuerte ein paar Salven aus der Hüfte in die grobe Richtung ihres Gegners, um Joe Feuerschutz zu geben, während der die erste Blendgranate warf. Mit der zweiten in der Hand traf ihn eine Kugel an der Schläfe und streckte ihn nieder.

»Fuck! Joe ist down! Ich wiederhole: Joe ist down!«, rief Paxton und ging in die Hocke. Er rammte sein M4 in den Anschlag und zielte durch das Rotpunktvisier. Ihr Gegner war von der Tragfläche gesprungen, um hinter den Resten eines Flugzeugrumpfs Schutz zu suchen. Was er dabei nicht bedacht hatte, war, dass seine Füße durch den schmalen Spalt darunter zu sehen waren. Die auf maximale Wundwirkung optimierte 5.56 mm NATO-Munition aus Paxtons Sturmgewehr tat ihre Arbeit und zerfetzte beide Knöchel erbarmungslos. Der dazugehörige Körper ging zu Boden und sah ihn aus grünen Augen flehend an. Paxton hielt mit dem Finger am Abzug inne. Damit, dass es eine Frau war, hatte er nicht gerechnet. Hätte sie nicht wenigstens so taktvoll sein können, mit dem Gesicht in die entgegengesetzte Richtung hinzufallen? Paxton konnte den Blick nicht von den rot geschminkten Lippen, die lautlos Worte formten, abwenden. Erst Joes Stöhnen erinnerte ihn daran, wer für dessen Qualen verantwortlich war. Ohne zu zögern, gab Paxton den finalen Fangschuss und widmete sich seinem Teamkameraden. Joe war in die Rauchwolke gekrochen und wartete dort darauf, wiederbelebt zu werden.

»Good Trade.« Er ächzte.

»Halt durch! Ich komme«, rief Paxton.

Doch auf dem Weg zu Joe blieb die Welt für einen Moment stehen. Die Nebelschwaden erstarrten und umschlossen Paxton wie Eis. Er steckte mitten in der Bewegung fest, ohne auch nur einen Finger krümmen zu können. Was ging hier vor sich? Er war wie versteinert. So plötzlich die Lähmung eingesetzt hatte, hörte sie auch wieder auf. Kaum zwei Schritte weiter fror er abermals ein.

»Das ist übrigens mein zweiter Knock«, sagte Joe. »Es wäre nett, wenn du dich ein wenig beeilst.«

»Mach ich ja!«, rief Paxton. »Aber das Spiel stottert.«

»Verdammt! Das macht die Kombination aus Nebel und Rauch. Apropos – der verabschiedet sich allmählich.«

»Gleich ... bei ... dir«, entgegnete Paxton zwischen zwei Stotterern.

»Ich blute hier langsam aus.«

»Da ... bin ... ich.« Paxton seufzte erleichtert und drückte die Hand auf eine von Joes zahlreichen Wunden.

»Wirf lieber erst eine weitere Rauchgranate!«

»Aber die Blutung muss gestoppt werden«, erwiderte Paxton. »Ich zieh das jetzt durch.«

So schnell wie möglich flickte Paxton seinen Kameraden zusammen, während sich um sie herum der Rauch verflüchtigte. Er hatte es fast geschafft, da traf eine Kugel Joes seitlichen Brustkorb, durchbohrte sein Herz und trat auf der gegenüberliegenden Seite wieder aus. Der Scharfschütze hatte nur darauf gewartet, den Knock des Solos abzustauben. Joe riss die Augen auf und japste nach Luft.

»Gee Gee«, hauchte er mit einem letzten Lächeln. Dann erschlaffte sein Körper in Paxtons Armen und im Killfeed erschien sein Name neben dem seines Killers in roter Schrift. Joe war tot.

Kapitel 16 – Self Res

»Was um Himmels willen ist los bei euch?«, fragte PlugTwo via Funk. »Stimmt das etwa, was ich im Killfeed gelesen habe?«

Paxton brachte es nicht übers Herz, zu antworten. Als ob Joes Tod erst wahr werden würde, sobald er ihn aussprach. Sogar Manga-Mädchens besorgte Nachfrage, ob er wohlauf sei, ignorierte er. Sein eigenes Überleben machte die Sache nur unerträglicher. Am schwersten wogen seine Schuldgefühle, weil Joe sich nur seinetwegen in Gefahr begeben hatte. Oder vielmehr wegen des Leichtsinns seines Spielers.

Der hatte den Ernst der Lage wohl mittlerweile erkannt und befahl Paxton, eine weitere Rauchgranate zünden, um seine eigene Haut zu retten. Am liebsten hätte er den Befehl ignoriert.

Da hatte Paxton eine Idee: Statt einer, warf er gleich vier der Granaten und hüllte seine Umgebung vollständig in Rauch. Das Zischen und der Qualm hätten jede Dampflok vor Neid erblassen lassen.

Der gewünschte Effekt ließ nicht lange auf sich warten. Paxtons Umgebung stotterte und fror nach drei Rucklern komplett ein. Paxton hielt die Luft an, nicht weil er ohnehin keinen einzigen Muskel bewegen konnte, sondern in der Hoffnung, dass sein Spieler den Computer neu starten würde.

Und dann passierte es. Paxton kam sich vor wie eine Marionette, der man die Fäden durchgeschnitten hatte. Seine Gliedmaßen erschlafften und alle zuvor unbewussten Bewegungen bedurften seiner gesamten Konzentration. Aber er war frei! Zumindest für den Moment. Und er hatte einen Plan, was er mit seiner neu gewonnenen Freiheit anstellen würde. Der Name von Joes Mörder hatte sich in Paxtons Gedächtnis eingebrannt wie mit einem Brandeisen. Diesmal würde seine Rache fürchterlich sein.

Nicht ohne Grund hatte er die Rauchgranaten unterschiedlich weit in die Richtung geworfen, aus der der tödliche Schuss gekommen war. Durch diesen Tunnel aus Rauch rannte Paxton nach Norden, bis vor ihm eine Wand aus Stein auftauchte. Er lehnte sich so nah an, wie es sein Rucksack zuließ, und lauschte. Im ersten Stock ragte das Gebäude ein Stück über die Grundmauern hinaus, sodass er von dort aus nicht entdeckt werden konnte. Genau da vermutete er den Scharfschützen. Dumpfe Fußstapfen über ihm bestätigten seine Vermutung. Mindestens einer, wenn nicht mehr Gegner hatten sich im oberen Stockwerk des Flughafentowers verschanzt.

»Hier Paxton an Manga-Mädchen«, flüsterte er per Funk. »Ich stehe an der Außenwand des Towers. Über mir ist der Mistkerl, der Joe auf dem Gewissen hat.«

»Schön, dass du dich mal wieder meldest«, antwortete Manga-Mädchen.

Paxton ignorierte den Kommentar und fragte stattdessen: »Könnt ihr ihn von eurer Position aus sehen?«

»Moment«, entgegnete Manga-Mädchen. »Dafür muss ich erst auf das Dach vom Hangar steigen.«

»Beeil dich bitte!«

Paxton wartete ungeduldig auf ihre Rückmeldung. Auch wenn er für die Kerle über ihm im toten Winkel stand, würde er vom Rollfeld aus weithin sichtbar sein, sobald sich der Rauch verzogen hatte.

»Positiv«, meldete sich Manga-Mädchen nach einer gefühlten Ewigkeit. »Da sind aber mindestens zwei Bad Guys.«

Umso besser. Mehr Kills für ihn und zu Ehren von Joe.

»Hast du freie Schussbahn?«

»Auf den einen schon. Aber der wackelt die ganze Zeit mit dem Oberkörper hin und her wie ein Stehaufmännchen.«

»Sobald du ihn knockst, stürme ich den verdammten Tower und schlachte sie ab.«

»Nichts überstürzen!«, sagte PlugTwo. »Ohne Backup solltest du da nicht rein.«

»Wir haben keine Zeit zu verlieren. Der Rauch verzieht sich jeden Augenblick und wer weiß, wie lange mein Spieler noch offline ist.«

»Sag bloß, du wirst im Moment nicht von ihm gesteuert?«, fragte Manga-Mädchen.

»Dann waren das scheinbar ein paar Smokes zu viel für seine Grafikkarte«, sagte PlugTwo und pfiff anerkennend durch die Zähne. »Da hast du eine ordentliche Rauchwand gezogen.«

»Genug gelabert«, zischte Paxton. »Ich geh da jetzt rein. Mit oder ohne Knock.«

»Einen von ihnen habe ich im Visier«, sagte Manga-Mädchen.

»Wartet!«, rief PlugTwo »Auf welchen der beiden zielst du?«

»Auf den mit den Schlappohren am Helm«, antwortete Manga-Mädchen.

»Alles klar. Halt mit der AWM drauf und ich setze nach, falls es kein Headshot ist.«

»Willst du mich beleidigen?«, fragte Manga-Mädchen.

Das Pfeifen des Projektils, der dumpfe Aufschlag und das zeitversetzte Peitschen des Scharfschützengewehrs ließen wenig Raum für Interpretation. Dementsprechend war der Knock von Doggystyler im Killfeed eine Formalie und Genugtuung für Paxton zugleich. Das war der Kerl, der Joe in seinen Armen abgeknallt hatte. Das heißere Bellen von PlugTwos Mini-14 galt vermutlich dem zweiten Gegner oder sollte ihn zumindest davon abhalten, Schlappohr zu Hilfe zu kommen.

Paxton stieß sich von der Wand ab und schlich los. Die rostige Eisentür im Erdgeschoss stand offen, sodass er das Gebäude unbemerkt betreten konnte. Mit dem M4 im Anschlag inspizierte er die Ecken links und rechts von der Tür, um böse Überraschungen zu vermeiden. Bis auf seine eigene natürlich.

Doch ein metallenes Scheppern durchkreuzte seine Pläne. Er hatte ein rostrotes Brecheisen am Boden übersehen und war mit dem Stiefel dagegen gestoßen. Sein Überraschungsmoment war dahin – Planänderung. Er schnappte sich das Werkzeug und hielt es mit dem gebogenen Ende in die Höhe wie einen Tomahawk. Paxton war auf dem Kriegspfad und der führte die Treppe hinauf. Kriechgeräusche an der Decke verrieten ihm, dass Doggystyler weiterhin am Boden war. Sein Teamkollege hatte ihn bislang nicht wiederbelebt und das würde er auch nicht mehr. Paxton prallte eine Blendgranate gegen die Wand des Treppenaufgangs, damit sie im Raum über ihm landete. Wie bei einem Gewitter in nächster Nähe verstrich zwischen Blitz und Knall der Granate keinerlei Zeit und Paxton rannte unter lautem Kriegsgeschrei die Treppe hinauf.

Oben angekommen, stolperte Doggystylers Teamkamerad mit dem Handrücken vor den Augen orientierungslos umher. Er war komplett geblendet und taub. Paxton hob das Brecheisen mit beiden Händen über den Kopf, als wollte er ein Holzscheit spalten und spaltete stattdessen den Schädel seines Gegners. Der war augenblicklich tot. Die gebogene Spitze drang so tief ein, dass Paxton Mühe hatte, sie wieder herauszuziehen. Klumpen von blutigem Gehirn klatschten auf den Boden, gefolgt vom leblosen Körper seines Opfers.

Joes Mörder würde er keinen solch schnellen Tod gönnen. Für ihn hatte er sich etwas anderes ausgedacht.

»Was soll der Scheiß?«, rief Doggystyler, als Paxton ihn aufhob und über die Schulter warf.

»Ein bisschen frische Luft wird dir sicher guttun.« Paxton ächzte unter dem Gewicht. »Am besten, ich leg dich draußen aufs Rollfeld.«

»Das kannst du nicht bringen! Damit gibst du mich zum Abschuss frei. Ich bin völlig wehrlos.«

»Du meinst, so wie Joe, den du abgeknallt hast, während ich ihn wiederbelebt habe?«

»So was kommt ständig vor, aber das war doch nichts Persönliches.«

»Für mich schon«, entgegnete Paxton und warf Doggystyler auf den von Unkraut und Löwenzahn zerfressenen Asphalt der Landebahn.

»Bitte! Ich gebe dir auch all mein Loot. Der Nebel verzieht sich bald. Leg mich wenigstens im hohen Gras oder neben einem Busch ab.«

»Träum weiter!«, sagte Paxton und schoss eine Salve in die Luft. »Ich hoffe, derjenige, der dich entdeckt, kann nicht ordentlich schießen und trifft zuerst deine Beine und Arme.«

Paxton wandte sich ab und machte sich auf den Weg zurück zum Tower.

»Was bist du nur für ein Sadist?«, rief Doggystyler ihm hinterher.

»Oder mit etwas Glück rettet dich einer deiner restlichen Teamkameraden.«

»Die beiden anderen waren längst tot, bevor du mit dem Brecheisen Amok gelaufen bist.«

»Mein Beileid!«, erwiderte Paxton und gab sich keine Mühe, glaubwürdig zu klingen. Trotzdem machte ihn etwas an der Aussage stutzig. Wieso war Doggystyler überhaupt noch am Leben, wenn sein gesamtes Team mittlerweile eliminiert worden war? Dann ging alles extrem schnell.

Hinter ihm ertönte ein lautes Piepen. Paxton warf einen Blick über die Schulter, nur um erstaunt zu beobachten, wie sich Doggystyler mit zitternden Händen Elektroden auf den nackten Brustkorb klebte. Dann machte er sich an einem signalfarbenen Gerät aus Plastik zu schaffen, zu dem dünne Kabel führten. Doch bevor er den roten Knopf auf dem Defibrillator drücken konnte, explodierte sein Kopf wie eine Melone bei Schießübungen. Eine Kugel hatte seinen Schädel durchschlagen, deren Mündungsfeuer aus westlicher Richtung nachhallte. Im Killfeed erschien Doggystylers

Name und der seines Vollstreckers: Neo_1996. Paxton hatte nicht den geringsten Zweifel, um wen es sich dabei handelte.

Neos nächster Schuss würde ihm gelten. Auch daran bestand für ihn keinerlei Zweifel. Ungeachtet dessen hielt Paxton inne, denn bei dem Defibrillator musste es sich um superseltenen Loot handeln. Zumindest war ihm ein solches Gerät beim Sammeln von Ausrüstung und Waffen nie aufgefallen. So ein Self Res konnte sich als durchaus nützlich erweisen. Paxton opferte seine letzte Rauchgranate, um es an sich zu nehmen. Darüber hinaus fand er im Rucksack von Doggystyler nichts Brauchbares, außer einem, in schwarzes Panzertape eingewickeltes Paket mit Zeitzünder. Ob das eine der Sprengsätze aus C4 war, von der Joe gesprochen hatte? Vorsichtig drückte Paxton den vermeintlichen Plastiksprengstoff mit den Fingern zusammen, als würde er den Reifegrad einer Mango bestimmen. Der Inhalt des Päckchens gab leicht nach und seine Fingerkuppen hinterließen kleine Dellen darin. Das C4 war genussreif und sofort verzehrbereit. Und Paxton wusste genau, wem er es servieren würde.

Kapitel 17 – C4

Paxton war im Begriff zurückzukehren, da wurde er von einer Druckwelle erfasst und von den Beinen gerissen. Die eigentliche Explosion hörte er nur für den Bruchteil einer Sekunde, bevor seine Trommelfelle platzten. Das anschließende Fiepen war so laut und unmittelbar, es schien direkt aus seinem Kopf zu stammen. WTF? Paxton war völlig benommen. Erst als sein Name, der von Neo und ein kleines Handgranaten-Icon im Killfeed auftauchten, verstand er.

Neo musste die Granate perfekt getimt haben, sodass sie noch in der Luft explodiert war. Denn sonst hätte Paxton deren Aufprall auf den Asphalt garantiert gehört. Inmitten der Rauchwolke hatte er sich in trügerischer Sicherheit gewogen und würde dafür mit seinem Leben bezahlen. Sein Herzschlag wurde schwächer und jeder Atemzug kam ihm wie der letzte vor. Keine Chance, dass Manga-Mädchen oder PlugTwo ihn rechtzeitig wiederbelebten, bevor Neo ihm den Gnadenschuss verpassen würde. Paxton blieb nur eine Möglichkeit.

Mit blutigen Händen streifte er den Ghillie Suit ab, öffnete die darunterliegende Kevlarweste und riss sein Hemd auf. Sämtliche Bewegungen kosteten ihn unendlich viel Kraft. Die Schmerzen seiner Verbrennungen waren die Vorstufe zur Hölle. Mit jeder Sekunde strömte Paxtons Lebenskraft aus seinem Körper wie

Sand aus einer Sanduhr. Die Elektroden aufzukleben, glich einer Mammutaufgabe. Er war sich sicher, dass Neo bald neben ihm auftauchen und sein Werk vollenden würde. Er hatte keine Zeit zu verlieren. Mit letzter Kraft drückte Paxton auf den roten Knopf des Defibrillators.

Der Strom schoss durch seine Nervenbahnen, wie bei einem vom Blitz getroffener DeLorean. Das einzig Angenehme an dem Elektroschock war, dass er für einen Moment die Schmerzen von Paxtons Brandwunden überlagerte. Sein Herz bekam einen Klaps, der den bockigsten Ackergaul in Bewegung gesetzt hätte, und galoppierte los. Paxton krümmte sich und rang nach Luft, als wollte er seine Seele wieder einsaugen. Stattdessen atmete er den beißenden Geruch von angesengtem Haar ein.

»Paxton!«, ertönte eine Stimme aus der Ferne. »Bist du okay?«

»Ging mir nie besser.« Er stöhnte, riss sich die Elektroden von der Brust und verband sich die zahlreichen Brandwunden im schwindenden Schutz der Rauchwolke. »Ich brauche Feuerschutz! Neo und seine Gang haben es auf mich abgesehen.«

»Wo genau sind sie?«, fragte PlugTwo.

»Westlich von mir in Wurfdistanz.«

»Da steht eine Wagenburg aus vier Fahrzeugen«, sagte Manga-Mädchen. »Darin haben sie sich verschanzt – eSport-Style.«

»Das wird ja immer besser«, erwiderte Paxton. »Am Ende sind das sogar Pros.«

»Ich zerschieß ihnen die Reifen«, sagte PlugTwo. »Und Manga-Mädchen pflückt jede Birne, die es wagt, aus der Deckung zu gehen.«

»Dann wünsche ich eine ertragreiche Ernte!«, rief Paxton und lief geduckt zurück zum Tower. Neo und seinem Team war nicht entgangen, dass er versuchte zu entkommen. Um seine Füße spritzte die Erde in die Luft, als wollten sie ihn tanzen lassen. Im Kniehebelauf rannte er quer über die Wiese und rechnete jeden Augenblick mit einem Treffer. Hinter sich hörte er Reifen platzen und Kugeln in die Karosserien der Autos einschlagen. Seine Teamkameraden taten ihr Bestes, um das gegnerische Feuer zu unterdrücken. Ob es reichen würde, war fraglich.

Ein Streifschuss an der Wade brachte ihn aus dem Tritt und fast zum Stürzen. Hinzufallen wäre sein Todesurteil gewesen. Mit kurzen Verschnaufpausen zwischen den Schritten humpelte Paxton weiter, wobei sein unrundes Laufen den Schützen offenbar Probleme bereitete, ihn zu treffen. Zumindest für den Augenblick.

»Hier Schutzengel an Humpelstilzchen«, rief Manga-Mädchen. »Ich habe einen von ihnen geknockt!«

»Die anderen habe ich ordentlich eingeseift«, sagte PlugTwo. »Deren Healthbars sind kürzer als dein Pimmel.«

»Und das soll was heißen«, ergänzte Manga-Mädchen.

Paxton war zu erleichtert, um sich über PlugTwos Spruch zu ärgern. Manga-Mädchens Spitze hingegen saß wie ein lästiger Stachel in seinem Ego. Egal. Neos

Team würde sich verarzten und um den verletzten Kameraden kümmern müssen. Das war seine Chance, hier lebend rauszukommen.

Doch die Schüsse ließen nicht nach – im Gegenteil. Gleich einem aufgescheuchten Wespennest nahm das wütende Surren der Kugeln um Paxtons Kopf herum eher zu. Da war jemand angepisst! Das passte zu dem Eindruck, den er von Neo hatte. Der ging garantiert über Leichen, und nicht nur über die seiner Gegner.

Der Eingang des Towers war zum Greifen nah. Eine Salve Kugeln schlug in der Mauer daneben ein und versprengte feinen Mörtelstaub in der Luft. Paxtons Lungen protestierten lauthals. Mit dem Husten eines Kettenrauchers warf er die Tür hinter sich zu. Dann war er endlich in Sicherheit.

Paxton schleppte sich die Stufen hinauf bis zum ersten Treppenabsatz und sackte in sich zusammen wie ein Häufchen Elend. Um ihn herum zeugten leblose Körper von seinem Amoklauf. Ein dünnes Rinnsal Blut, deren Quell eine der Leichen im ersten Stock sein musste, tropfte die Treppenstufen hinab und sammelte sich neben ihm in einer purpurnen Lache. Paxton war fassungslos und angewidert zugleich. Warum war er nur so ausgerastet? Unweigerlich musste er an Joes Tod denken und gelangte zu einer verstörenden Erkenntnis: Er würde es wieder tun.

Wer auch immer dieses perfide Spiel erdacht hatte, nutzte schlicht die ureigenen Instinkte seiner Teilnehmer aus. Denn das Morden übernahmen sie von ganz alleine. Paxton tunkte den Zeigefinger in die Blutlache und schrieb damit etwas wie mit Fingerfarben an die

Wand. Draußen näherte sich das Knattern eines Motors, was vermutlich bedeutete, dass Neos Team seine Position pushte. Paxton war es egal. Sein Körper bestand nur noch aus Schmerzen und er hatte jeglichen Antrieb verloren. Als die schwere Stahltür aufschwang, machte er sich nicht einmal die Mühe, aufzuschauen. Für ihn endete das Spiel jetzt und hier.

»Stell dir vor, es ist Battleroyale und keiner geht hin?«, las Manga-Mädchen vor. »Das ist deep.«

»Du bist es?«, fragte Paxton überrascht.

»Wer denn sonst? Der Weihnachtsmann?«

»Ich weiß auch nicht ...«

»Scheinst dich ja riesig zu freuen.«

»Sorry, ich dachte nur ...«

»Das sieht hier drin ja aus, als hätte eine Bombe eingeschlagen«, sagte Manga-Mädchen vorwurfsvoll. »Kaum lässt man dich mal unbeaufsichtigt spielen, versinkt dein Zimmer im Chaos. Sofort aufräumen!«

»Witzig.«

Manga-Mädchen setzte sich dicht neben Paxton, holte Verbandszeug hervor und nahm sich seine Schürfwunden vor. Jeder Handgriff war fachmännisch und zärtlich zugleich. Paxton hoffte, dass es nicht nur an ihrer tausendfachen Übung, sondern auch an einer gewissen Zuneigung lag.

»Mal im Ernst«, sagte sie, während sie eine nässende Verbrennung säuberte. »Die Aktion war total leichtsinnig und bringt Joe trotzdem nicht zurück.«

Paxton vergrub sein Gesicht in ihren Haaren und atmete den Duft ihres Shampoos ein, das nach Passionsfrucht duftete. »Er ist meinetwegen gestorben.«

»So ein Quatsch! Dich trifft keine Schuld.«

»Dann eben meinen behinderten Spieler.«

»Mag ja sein«, entgegnete Manga-Mädchen und schob ihn ein Stück von sich. »Aber was, wenn er es wirklich wäre?«

»Schuld? Natürlich ist er das.«

»Ich meinte behindert.«

»Jetzt komm schon! Ausgerechnet du machst auf einmal auf politisch korrekt?«

»Könnte doch sein.«

»So, wie er spielt, nicht unwahrscheinlich. Weißt du denn, wer dich steuert?«, fragte Paxton.

»Fragst du mich etwa, wer ich IRL bin?«, erwiderte Manga-Mädchen. »Was kommt als Nächstes – ein Heiratsantrag?«

»Tut mir leid! Ich wollte dir nicht zu nahetreten«, sagte Paxton und sah betreten zu Boden. »Wenn ich es wüsste, würde ich es dir verraten.«

»Sagen wir mal so: Meine Spielerin hat mich weitestgehend nach ihrem Vorbild gestaltet.«

»Wirklich?«, fragte Paxton erleichtert. In Gedanken knüllte er das Bild mit dem Fettsack auf dem Sofa zusammen und warf es in den Papierkorb. Dabei klang er womöglich etwas zu erleichtert und sein Blick blieb einen Moment zu lange an ihren Brüsten haften.

»Kann sein, dass sie an ein paar Stellen etwas übertrieben hat.«

»Das, äh ... macht doch nichts«, erwiderte Paxton und wandte seinen Blick ab.

»Eine Sache hat sie zugegebenermaßen komplett unter den Tisch fallen lassen.«

»Und die wäre?«

»Sie sitzt im Rollstuhl.«

»Echt?«, rief Paxton. »Ach du Scheiße. Tut mir leid! Auch was ich vorhin gesagt habe.«

»Mitleid ist das Letzte, was sie will. Genau wie ich.«

»Sorry. Kommt nicht wieder vor.«

»Schon okay. Bist du jetzt enttäuscht?«

»Quatsch. Wie ist es denn passiert?«

»Bei einem Motorradunfall vor etwas über einem Jahr. Seitdem flüchtet sie sich in Spielwelten, in denen sie laufen und Motorrad fahren kann.«

»Verständlich«, entgegnete Paxton. Er wunderte sich, wem sie diese sehr persönliche Geschichte in-Game erzählt hatte, so dass Manga-Mädchen es hatte mithören können und schwieg eine Weile.

»Beleidigt?«

»Wie kommst du darauf?«

»Na ja, weil ich nicht früher damit rausgerückt bin.«

»Blödsinn. Gibt ja außerdem keine Skins dafür.«

»Stimmt!«, sagte Manga-Mädchen mit einem Lächeln. Paxton war froh, den richtigen Ton getroffen zu haben, und beugte sich etwas zu ihr.

»Als fahrbaren Untersatz habe ich so einen Rolli bislang auch nirgends rumstehen sehen.«

»Das ist wohl wahr«, hauchte Manga-Mädchen so nah, dass er ihren warmen Atem auf seinen Wangen spürte.

Paxton sah in ihre Kulleraugen, in deren weite Pupillen er am liebsten eingetaucht wäre.

»Sobald dieser Wahnsinn hier vorüber ist, könnten wir uns ja mal IRL treffen«, schlug Paxton vor und malte sich aus, wie er mit ihr auf dem Sozius durch die Häuserschluchten Shanghais raste. Ihre Lippen waren kurz davor, sich zu berühren.

»Nur wenn dein Spieler kein alter perverser Boomer ist, der auf kleine Mädchen steht«, flüsterte sie, sodass ihr warmer Atem seine Oberlippe streichelte. »Wie hast du ihn eigentlich abgeschüttelt?«

»Mithilfe eines Hacks von mir«, sagte PlugTwo, der unvermittelt an der Treppe auftauchte.

»Wie lange stehst du da schon?«, rief Paxton. Der intime Moment mit Manga-Mädchen war ruiniert.

»Lange genug, um zu wissen, dass du die neu gewonnene Freiheit zu nutzen weißt. Allerdings ist der Trick leider nicht von Dauer und dein Spieler kann jeden Augenblick zurückkommen.«

»Ich befürchte, der hat soeben wieder übernommen«, sagte Paxton mit einem enttäuschten Seufzer. »Anders kann ich mir nicht erklären, dass ich allmählich wieder Lust auf Action bekomme.«

»Wenn das so ist, lasst als Erstes Neos Wagenburg mit dem Buggy stürmen«, sagte PlugTwo. »Hat jemand ein C4?«

»Bist du übergeschnappt?«, fragte Manga-Mädchen. »Das ist reine Kamikaze.«

»Nicht, wenn man rechtzeitig abspringt.«

»Dafür muss das Timing absolut perfekt sein. Schon mal gemacht?«

»Gemacht ja. Überlebt nein.«

»Na, toll!«, entgegnete Manga-Mädchen.

»Ich mach's!«, sagte Paxton, obwohl er weder wusste, worum es ging, noch ob er sich freiwillig meldete oder in Wirklichkeit sein Spieler.

»Spinnst du?«, rief Manga-Mädchen. »Kommt nicht in die Tüte.«

»Aber ich habe ein C4.«

»Dann gib es PlugTwo, wenn er so scharf drauf ist.«

»Das zwischen mir und Neo ist persönlich«, entgegnete Paxton. »Deswegen bringe ich es zu Ende.«

»So ein Machogehabe.« Manga-Mädchen seufzte. »Hast du eine Ahnung, welches Level der Typ hat?«

»Als er mich das letzte Mal getötet hat, war er Level 486«, sagte PlugTwo.

»Nicht hilfreich!«, rief Paxton mit vorwurfsvollem Blick.

»Die Frage war sowieso rhetorisch«, erwiderte Manga-Mädchen. »Jeder kennt Neo. Der sucht sich immer die leichten Opfer aus.«

»Dann hat er sich diesmal eben den Falschen ausgesucht«, sagte Paxton, bemüht selbstbewusst zu klingen. Wie schwierig konnte die Sache mit dem C4 schon sein? Ohne auf einen weiteren Widerspruch zu warten, wandte er sich an PlugTwo. »Was muss ich tun?«

Wenig später saß Paxton auf dem Fahrersitz des Buggys und verfluchte den Tag, an dem er programmiert worden war. Wie dämlich konnte man sein, um sich für so etwas freiwillig zu melden? Aber es gab kein Zurück mehr. Neben ihm tickte der Zeitzünder des Sprengsatzes, der an einem der Stahlrohre des Chassis haftete. Selbstmordkommando war eine maßlose Untertreibung für das, was er vorhatte. Seine Überlebenschancen lagen unwesentlich höher als die des Uruk-hai Berserkers, als der die Mauern von Helms Klamm sprengte. Der einzige Unterschied lag darin, dass der seine Bombe hatte zu Fuß tragen müssen.

»Du musst mit genau der richtigen Geschwindigkeit auf sie zuhalten«, hatte PlugTwo gesagt. »Fährst du zu schnell, brichst du dir beim Abspringen das Genick. Bist du zu langsam, explodiert das C4, bevor du nah genug an ihnen dran bist.«

Von wegen kinderleicht und idiotensicher. Abgesehen davon, dass er unterwegs ein leichtes Ziel abgab, war die gesamte Aktion so abenteuerlich, dass sie die Bezeichnung ,Plan' nicht verdiente.

Paxton hatte einen großen Bogen um die Flugzeugwracks und Neos Wagenburg gemacht, um auf einer kleinen Anhöhe im Westen zu wenden. Er schaute den Abhang hinab und ahnte, wie es Skispringern kurz vor Absprung ergehen musste. Doch selbst für ein flüchtiges Innehalten, um sich zu sammeln, blieb keine Zeit. Das Piepen des Zeitzünders wurde schneller und dringlicher. Paxton trat das Gaspedal durch. Der Boden flog unter ihm vorbei und versprach keine sonderlich weiche Landung. Unbeirrt hielt er auf den Zaun zu, der die gesamte Militärbasis umgab. Genauer gesagt auf die kleine Lücke, durch die der Buggy laut PlugTwo durchpassen würde. Je näher er kam, desto mehr wünschte Paxton sich, er hätte sich und sein Gefährt zuvor mit Vaseline eingeschmiert. Das würde ein äußerst enges Höschen werden.

Paxton musste unweigerlich an Manga-Mädchen denken. Was, wenn er am Zaun hängen bleiben und sie nie wiedersehen würde? Er korrigierte seinen Kurs minimal, aus Angst zu übersteuern. So müsste es passen – hoffentlich. Paxton kniff die Lider zusammen und wappnete sich für einen Aufprall, der – selbst ohne Vaseline – nie kam. Als er die Augen wieder öffnete, raste er geradewegs auf Neos Wagenburg zu. Paxton nahm den Fuß vom Gas und kuppelte aus, so wie PlugTwo es ihm erklärt hatte. Das Knattern des Buggys verstummte und er rollte nahezu geräuschlos weiter. Neo und sein Team hatten keine Ahnung, was auf sie zukam. Nur das Knirschen der Reifen auf dem Asphalt der Rollbahn war zu hören. Wie Zähne knabberten die Noppen des groben Profils an dem bröckeligen Teer. Mit jedem Meter verlor der Buggy an Geschwindigkeit, sodass ein Abspringen bei voller Fahrt zumindest vorstellbar wurde. Aber würde der Schwung bis zur Wagenburg reichen? Die Intervalle des Zeitzünders wurden kürzer und verschmolzen letztlich zu einem einzigen durchgehenden Ton. Er musste es drauf ankommen lassen.

Paxton ließ das Lenkrad los und warf sich seitlich vom Sitz. Dafür brauchte er nicht einmal die Fahrertür öffnen – einer der wenigen Vorteile des Buggys. Der Aufprall presste ihm sämtliche Luft aus dem Brustkorb und ließ seine gebrochene Rippe Alarm schlagen. Nur dank Weste und Helm hielten sich seine Verletzungen in Grenzen. Paxton rollte sich zusammen wie ein Gürteltier und kullerte schräg über die Rollbahn bis an deren Rand. Flach auf dem Boden lag er im hohen Gras und hielt sich die Ohren zu. Was dann folgte, sprengte buchstäblich all seine Erwartungen. Weder die Handgranaten, der Mörserbeschuss noch die Redzone hatten ihn auf die Sprengkraft des C4 vorbereitet. Autos flogen durch die Luft und ein Beben außerhalb der Richterskala rüttelte ihn durch. Der Killfeed explodierte ebenfalls und listete die Opfer von Paxtons Autobombe auf.

»Drei auf einen Streich!«, rief PlugTwo über Funk. »Ich liebe es, wenn ein Plan funktioniert.«

»Das ist trotzdem einer zu wenig«, entgegnete Paxton. »Zumal Neos Name nicht dabei war.«

»Zumindest weiß er jetzt, mit wem er es zu tun hat.«

Genau das war Paxtons größte Sorge.

Kapitel 18 – Solo

»Der nächste Circle ist gepoppt!«, rief Manga-Mädchen. »Über C-Block und dem Radiotower!«

Paxton checkte die Karte im Head-up-Display. Der weiße Kreis hatte sich nach Nordwest verschoben und umfasste einen Komplex bestehend aus drei rechteckigen Gebäuden, die wie ein C angeordnet waren und eine vierte riegelförmige Struktur, die im schrägen Winkel dazu westlich davon stand. Erst nachdem Paxton den Kopf über die Grasnarbe gehoben hatte, erkannte er, dass es sich dabei um eine turmhohes Stahlgerippe handelte. Die längliche Konstruktion ragte mitten auf einer Wiese in die Höhe, als hätte jemand eine Brücke gebaut und zu spät gemerkt, dass die dazugehörige Schlucht oder zumindest ein Fluss fehlte. Der Überblick von dort oben wäre trotzdem ein haushoher Vorteil. Paxton markierte die Position auf der Karte und duckte sich zurück ins hohe Gras.

Durch das Dickicht der Grashalme hindurch, versuchte er Neo und seine Teammitglieder zu entdecken. Derweil flog eine dicke Hummel – völlig unbeeindruckt von dem Gemetzel – direkt vor seiner Nase von einer Blüte zur nächsten. Paxton beneidete sie um ihre sorgenfreie und obendrein lebensspendende Aufgabe. Seine eigene war das genaue Gegenteil. Einzig und alleine die brennenden Autowracks, die seinen Feinden als Deckung dienten, hielten ihn davon ab, sie zu verrichten. Bald würde Neo seine Schergen wiederbelebt und dessen Team volle Mannstärke erlangt haben.

Der Peitschenschlag einer schallgedämpften AWM durchbrach das Summen der Blumenwiese. Laut Killfeed hatte Manga-Mädchen aus dem Tower eines von Neos Teammitgliedern final erledigt.

»Das war meine letzte Patrone für die AWM«, sagte sie nach dem Abschuss. »Dann schau ich mich wohl mal nach einem anderen Sniper-Gewehr um.«

Umgeben von all der Natur, kam Paxton nicht umhin, sich einen Jäger vorzustellen, der von seinem Hochsitz aus, ein Reh erlegt hatte. Die Realität war naturgemäß nicht annähernd so idyllisch. Trotzdem – ihre Chancen standen jetzt besser und darauf kam es an. Drei gegen drei war zumindest zahlenmäßig ausgeglichen, selbst wenn sein Team mutmaßlich auf die Hälfte der Erfahrungspunkte ihrer Gegner kam. Gerne hätte er den Endkampf so lange wie möglich hinausgezögert.

Doch kaum hatte er den Gedanken zu Ende gebracht, setzte sich die Bluezone in Bewegung und trieb ihn erbarmungslos vor sich her. So schnell wie er konnte, schlängelte Paxton sich durch das hohe Gras in Richtung Radiotower. Wer dort oben zuerst Stellung bezog, hatte so gut wie gewonnen – so viel war klar.

»Lasst uns bei meiner Markierung treffen!«, sagte er über Funk.

»Sollen wir nicht lieber gleich den Sack zu machen?«, fragte PlugTwo. »Jetzt, wo wir die Oberhand haben.«

»Ich kann sie von hier aus nicht sehen«, antwortete Paxton. »Außerdem knabbert mir die Bluezone schon die Zehen ab.«

»Gib acht, dass sie dich nicht erwischt! Sie wird mit jeder Phase heftiger.«

»Unser Two-One-Split ist so oder so zu riskant«, meldete sich Manga-Mädchen zu Wort. »Zumal Paxton derjenige ist, der alleine ist.«

»Machst du dir etwa Sorgen um mich?«

»Ja, aber nur weil du der Noob bist, der am ehesten Hilfe braucht«, antwortete Manga-Mädchen. Die Gleichgültigkeit in ihrem Tonfall kaufte er ihr nicht ab.

»Dann dürfte das geklärt sein!« Damit beendete PlugTwo die Diskussion. »Treffpunkt Radiotower.«

»Pass auf dich auf!«, sagte Manga-Mädchen ihn. »Laut Counter sind sieben Spieler übrig. Demnach drückt sich hier irgendwo ein Solo rum.«

»Verstanden«, erwiderte Paxton, erhob sich aus dem dichten Gras und lief vornübergebeugt los, jedoch nicht, bevor ihn die Bluezone wie eine Bulldogge in die Wade gebissen hatte. Autsch! Der Geruch einer Fliege, die in eine elektrische Insektenfalle geflogen war, stieg ihm in die Nase. Das wollte er keinesfalls am gesamten Körper erleben, deshalb legte er einen Zahn zu.

Am Rande seines Blickfelds nahm er eine Bewegung wahr. Keinen Steinwurf entfernt rannten Neo und sein Team mit der Bluezone im Nacken Richtung Circle. Wenn Blicke töten könnten, wäre Paxtons Name unmittelbar im Killfeed aufgetaucht. Doch Neo konnte nicht auf ihn schießen, solange er um sein eigenes Leben rannte, oder gar dafür stehen bleiben, ohne von der Bluezone getötet zu werden. Eine Weile liefen sie so nebeneinanderher, bis sich vor ihnen ein Wall auftürmte, der ein unterirdisches Raketensilo umgab. Paxton ließ es rechts liegen, während seine Gegner sich für den

Weg auf der gegenüberliegenden Seite entschieden. Einen Moment lang konnte er durchatmen – zumindest was die Bedrohung durch Neo betraf. Die Bluezone hingegen wälzte sich weiterhin wie ein Tsunami über die Landschaft und gönnte ihm keinerlei Verschnaufpause. Bald hatte er das Erste von zwei Raketensilos hinter sich gelassen. Dazwischen sah er Neo und sein Team parallel zu sich laufen. Nach dem zweiten versperrte ihm ein Stapel Container die Sicht. Als hätte das Kind eines Riesen seine bunten Bauklötzchen liegen lassen, standen die metallenen Boxen kreuz und quer in der Gegend herum. Paxton verlangsamte seine Schritte und legte das M4 an. Dieses Labyrinth aus haushohen Stahlkisten war das ideale Versteck für einen Solo. In jeder Ecke lauerte ein möglicher Hinterhalt. Paxton suchte sämtliche Winkel und Fluchten mit dem Lauf des M4s ab und vollführte dabei so viele Wendungen und Richtungswechsel, als tanzte er mit seinem Sturmgewehr Tango.

Hinter sich hörte er ein Geräusch und drehte sich reflexartig um, noch bevor ihn die erste Kugel traf. Der Solo hatte ihm auf einem der Container aufgelauert, doch nicht mit Paxtons blitzschneller Reaktion gerechnet. Zwei seiner Schüsse verfehlten ihr Ziel und erst der Dritte streifte Paxton am Bein. Der hob den Lauf seines Gewehrs und traf den Solo mehrfach am Kopf, sodass zunächst dessen Helm gefolgt von seiner Schädeldecke durch die Luft flogt. Der Killfeed wies die sterblichen Überreste als Passive_Peter aus – ein zu seinem Spielstil passender Name. Gleichzeitig zählte der Counter auf sechs hinunter. Jetzt waren nur Paxtons Team und das von Neo übrig.

»Der Name von dem Kerl ist scheinbar Programm«, spöttelte PlugTwo über Funk.

»Das kannst du laut sagen«, erwiderte Paxton und setzte sich in Bewegung. »Sweaty_Swine würde fast besser passen.«

»Wie wär's mit Camping_Cunt?«, sagte Manga-Mädchen.

Unabhängig vom Namen hätte er sein letztes Opfer liebend gerne nach Loot abgesucht, aber das Durchkämmen des Containerirrgartens hatte ihn schon zu viel Zeit gekostet. Neo und seine Gehilfen hatten gewiss einen beträchtlichen Vorsprung und lauerten ihm womöglich am Rande des Circles auf. Dessen rettende weiße Umrandung lag laut Karte nördlich der Container. Sie zu erreichen, hatte absolute Priorität.

Paxton kam sich vor wie eine Ratte im Versuchslabor, die zum Ausgang eines Labyrinths gelangen musste, um dort eine Belohnung zu erhalten. In seinem Fall bestand diese entweder aus dem Wiedersehen mit seinen Teamkameraden oder einem Erschießungskommando. Was von beiden es sein mochte? Es gab nur einen Weg, das herauszufinden.

Kapitel 19 – Chicken Dinner

Das statische Knistern der Bluezone ließ seine Nackenhaare zu Berge stehen. Sie war ihm bei jedem Schritt dicht auf den Fersen. Vor Paxton tat sich eine Öffnung zwischen zwei Containern auf, durch die er im Hintergrund die Wohnblöcke und den Radiotower erkennen konnte. Direkt am Ausgang des Labyrinths lag der Circle und die Sicherheit vor dem Tod durch die blaue Zone. Gut möglich, dass dort stattdessen der Tod durch blaue Bohnen auf ihn wartete. Aber ihm blieb ohnehin keine Wahl.

Mangels Rauchgranaten, mit denen er sich einen sicheren Korridor hätte schaffen können, querte Paxton schutzlos den überwucherten Vorplatz der Kaserne. Dabei kam er sich vor wie ein Kaninchen, das seinen Bau in dem Wissen verließ, dass draußen ein Rudel Wölfe lauerte. Nach dem Motto ›Augen zu und durch‹ lief er über das freiliegende Areal und rechnete fest damit, abgeknallt zu werden. Doch der Knall blieb zu seiner Überraschung aus – vorerst. Trotzdem konnte jeden Augenblick Neos fiese Fratze in einem der unzähligen Fenster des zweigeschossigen Wohnblocks auftauchen. Paxton schielte zu den rechteckigen Öffnungen mit eingeworfenen Fensterscheiben hinüber, während er auf eine frei stehende Garage in nordwestlicher

Richtung zuhielt. Falls er es bis dorthin schaffen würde, hätte er die Hälfte des Weges hinter sich gebracht.

Da erschien auf dem Flachdach des Wohnblocks ein behelmter Kopf. Paxton konnte nicht erkennen, um wen es sich handelte, und er hatte auch nicht vor, es herauszufinden, bevor er den Schutz der Garage erreicht hatte. Er beschleunigte seine Schritte und duckte sich gleichzeitig ein bisschen mehr.

»Feind auf dem südlichen C-Block!«, rief Manga-Mädchen. Eine Salve Kugeln prasselte hörbar auf das Dach ein, ohne dass Paxton das dazugehörige Mündungsfeuer vernahm. Anscheinend war sie auf die nahezu lautlose VSS umgestiegen. Denn der Circle war mittlerweile so klein, dass er selbst eine DMR mit Schalldämpfer von überall gehört hätte.

Paxton nutzte die Ablenkung und rettete sich in die Garage. Außerhalb der Schusslinie hielt er kurz inne, um zu verschnaufen. Hinter ihm war die Bluezone wenige Meter entfernt zum Stehen gekommen. Der nächste Circle ließ nicht lange auf sich warten und zog sich auf einen Durchmesser von rund hundert Meter zusammen. Außer einem Teil des Radiotowers und dem westlichen Flügel des C-Blocks – in dem sich garantiert Neos Team verschanzen würde – lagen keine weiteren Gebäude mehr darin. Das galt leider auch für die Garage, in der sich Paxton versteckt hatte. Um zu ihrem Treffpunkt am Radiotower zu gelangen, würde er eine Wiese überqueren müssen, die von beiden Positionen komplett einsehbar war. Na toll!

»Du musst dich beeilen!«, sagte PlugTwo über Funk. »Das ist der vorletzte Circle und der beißt richtig.«

»Wie stellst du dir das vor?«, fragte Paxton. »Der Weg
zu euch ist komplett exponiert.«

»Wir geben dir Feuerschutz«, sagte Manga-Mädchen.
»Idealerweise landen wir sogar ein paar Treffer, bevor
du losläufst.«

»Seht ihr sie denn überhaupt?«

»Nein. Aufs Dach traut sich keiner mehr. Die ziehen
sich innerhalb des Gebäudes in den Bereich zurück, der
im Circle liegt.«

»Das ist deine Gelegenheit!«, rief PlugTwo. »Ich kenne
den Grundriss der Kaserne. Da liegen die Stuben auf
beiden Seiten des Flurs. Solange sie durch den Korridor
laufen, sehen sie dich nicht.«

PlugTwo könnte recht haben. Ähnlich hatte es bei der
letzten Rotation ja auch funktioniert. Solange seine
Gegner selbst eine neue Position bezogen, waren sie abgelenkt.

»Dein Wort in Neos Ohren!«, entgegnete Paxton und
lief los. Mit jedem Schritt wuchs seine Hoffnung, ungeschoren davonzukommen. Doch selbst wenn sie ihn
jetzt entdecken würden, wäre es zu spät zum Umkeh-
ren. Und genau so hatte Neo das offenbar gewollt. Denn
als Paxton die Mitte der Wiese erreicht hatte, setzte der
Beschuss ein. Diese verfickten Schweine hatten extra
so lange gewartet, um ihn in Sicherheit zu wiegen.
Auch wenn er völlig zu Recht fluchte, wunderte Paxton
sich über seine Ausdrucksweise – sofern es denn überhaupt seine eigene war.

Doch für philosophische Überlegungen war es definitiv der falsche Zeitpunkt. Den ersten Treffer am Kopf
und einen weiteren am Rücken fingen sein Helm und

die Kevlarweste noch ab. Der nächste am Trizeps hingegen stach, als hätte ihm jemand ein Messer in den Muskel gerammt. Paxton rannte fluchend weiter, während ihm Kugeln aus beiden Richtungen um die Ohren sausten.

Im Killfeed tauchte ein Name auf und Paxton hätte sich nicht gewundert, wenn es sein eigener gewesen wäre.

»Einer down!«, rief Manga-Mädchen stattdessen. »Der Knock wird sie erst mal beschäftigen.«

So wie er Neo kennengelernt hatte, wollte sich Paxton darauf nur ungern verlassen. Neo würde garantiert den Tod eines Teammitglieds in Kauf nehmen – zumal er es besonders auf ihn abgesehen hatte. Und wie befürchtet, ließ der Beschuss vom Wohnblock zwar nach, versiegte aber nicht vollständig. Neo war auf seinen Kill aus und wenn kein Wunder geschah, würde er ihn auch bekommen.

Ein Streifschuss am Fuß verkürzte Paxtons ohnehin schon halbierte Healthbar nochmals beträchtlich. Der nächste Treffer war gleichbedeutend mit Game Over. Hier – mitten auf der Wiese – gab es keinerlei Deckung, um ihn zu raisen.

Das Wunder kam in Form einer Handgranate, die PlugTwo vom Radiotower über seinen Kopf hinweg durch das Fenster der Stube warf, in der Manga-Mädchen zuvor einen ihrer Gegner niedergeschossen hatte. Der Wurf war nicht nur reif für einen Clip von Dude Perfect, sondern rettete Paxton obendrein das Leben. Denn er tötete den Gegner final und knockte zudem ein zweites Teammitglied. Wenn Neo das Endgame nicht allein gegen drei führen wollte, musste er sich um seinen verbliebenen Kameraden kümmern. Das gab Paxton genug Zeit, den Radiotower zu erreichen. Am Fundament der riesigen Stahlkonstruktion angekommen, wurde er sich erstmals deren gewaltigen Ausmaße bewusst. Der Eiffelturm war zwar formschöner, aber deutlich niedriger. So kam es ihm jedenfalls nach den ersten paar Treppenabsätzen vor.

»Sagt mal, gibt's da nirgendwo einen Aufzug?« Er schnaufte.

»Bekommst du ihn nicht hoch?«, fragte Manga-Mädchen in ihrer unnachahmlichen Art. »Also, den Rucksack meine ich.«

»Lass einfach dein Haar hernieder, Rapunzel!«, rief Paxton. »Dann kannst du ihn hochziehen.«

»Touché!«

»Könnt ihr das Ganze bitte ein wenig ernster nehmen?«, sagte sich PlugTwo. »Ich hab nämlich Bock auf ein Chicken Dinner und wir sind so nah dran.«

»Was meinst du damit?«, fragte Paxton, doch da klimperten bereits die nächsten Kugeln auf dem Geländer und den Stufen wie bei einem Xylofon.

»Neo hat seinen Teamkameraden offenbar geraised«, sagte Manga-Mädchen.

»Die Deckung ist hier aber ziemlich dürftig«, rief Paxton und presste sich an die rostige Wand der im Freien liegenden Treppe. »Sieht jemand das Arschloch?«

»No Eyes!«, antwortete PlugTwo. »Keine Ahnung, wo der sich verschanzt hat.«

»Dafür sehe ich den nächsten und finalen Circle«, entgegnete Manga-Mädchen. »Und der ist dead center!«

Paxton checkte sein Head-up-Display und sah sofort, was sie meinte. Den Weg die Treppe hinauf hätte er sich fast sparen können, denn der weiße Kreis lag genau in der Mitte zwischen Radiotower und Wohnblock auf der freien Wiese. Das würde ein Showdown wie ein Duell auf offener Straße in einem Western werden. Ihnen blieben wenige Sekunden, bis es dazu kommen würde.

Auch Neo und sein Kamerad hatten den neuen Circle gesehen und wollten die Entscheidung offenbar erzwingen, bevor sich die Zone zusammenzog. Sie ballerten, was das Zeug hielt, bis PlugTwos Name im Killfeed auftauchte.

»Ich bin geknockt!« Er stöhnte.

Paxton hörte ihn auf dem Metallboden über sich entlangkriechen und wollte ihm gerade zu Hilfe eilen, da erschien dessen Name ein zweites Mal im Ticker. Neo hatte kurzen Prozess mit PlugTwo gemacht. Jetzt hieß es zwei gegen zwei. Paxton lehnte sich seitlich aus der Deckung und erwiderte das Feuer mit der Kar98. Immer wieder wackelte er mit dem Oberkörper hin und her, um beim Durchladen nicht getroffen zu werden. Über ihm gab Manga-Mädchen vereinzelte Schüsse ihrer VSS ab.

»Das klingt aus der Nähe eher wie ein Blasrohr«, rief Paxton nach oben. »Sicher, dass du damit überhaupt so weit kommst?«

»Wenn du mich mal an dein Blasrohr lässt, zeig ich dir, wie weit man damit kommen kann«, entgegnete sie.

Ihre Antwort erzeugte Bilder vor Paxtons innerem Auge, die er so schnell nicht mehr aus dem Kopf bekommen würde. Das glaubte er zumindest, bis auch Manga-Mädchen geknockt wurde.

»Autsch!«, rief sie und ging mit einem dumpfen Schlag zu Boden. »Das Schwein hat mir in den Bauch geschossen!«

Paxton wurde blind vor Wut. Er wechselte auf das M4, pumpte ohne Verstand zwei komplette Magazine in den brüchigen Putz des Wohnblocks und rannte dann die Treppe hinauf.

»Bleib, wo du bist!«, rief ihm Manga-Mädchen zu. »Spiel für dich!«

»Das kannst du dir abschminken!«, erwiderte Paxton, als er neben ihr auf die Knie fiel.

»Was soll das werden – ein Antrag?«

Paxton fasste es nicht, dass Manga-Mädchen selbst jetzt noch zu Späßen aufgelegt war. Er setzte sich auf die Unterschenkel und hob ihren Kopf in seinen Schoß. Mit jedem Herzschlag quoll eine neue Welle Blut aus ihrem Bauch.

»Sieh es ein! Wir können meine Wunden nicht schnell genug verarzten, bis die Bluezone kommt und mich tötet.«

Paxton musste nicht auf die Karte schauen, um zu wissen, dass sie recht hatte. Hinter sich hörte er bereits das Brummen, das er nur allzu gut kannte. Er würde es unter Umständen selbst nicht mehr rechtzeitig die lange Treppe hinunterschaffen. Egal, dann blieb er eben hier.

»Du musst springen!«, sagte Manga-Mädchen, die seine Gedanken gelesen zu haben schien.

»Bist du bescheuert?«, fragte Paxton. »Das sind locker zwanzig Meter. Das überlebt kein Mensch. Da kann ich genauso bei dir bleiben.«

»Nicht wenn du einen Basejump machst«, entgegnete Manga-Mädchen. »In deinem Rucksack ist ein kleiner Notfallfallschirm integriert.«

»Fallschirmsprünge hatte ich für heute genug«, sagte Paxton. »Lass uns hier gemeinsam sterben.«

»Im Ernst jetzt? Du willst kampflos aufgeben und Neo gewinnen lassen?«

Der Einwand brachte Paxton ins Grübeln. Manga-Mädchen hatte recht. Mit dem Kerl hatte er auf jeden Fall noch ein Hühnchen zu rupfen.

»Komm schon!«, ertönte eine Stimme, die er nicht mehr zu hören gewagt hatte. »Hol uns das Chicken Dinner!«

»Joe?«, fragte Paxton ungläubig.

»Yep«, antwortete der. »Sorry, mein Spieler war AFK, nachdem ich gestorben bin, und hat sich was zu essen gemacht.«

»Und wo bist du jetzt – im Avatar-Jenseits?«

»Leider nur im Spectator-Mode.«

»Dann schaut PlugTwo ebenfalls die ganze Zeit zu?«

»Ich glaube, dessen Spieler hat sich ausgeloggt und ist schon in der nächsten Lobby.«

»Leute!« Manga-Mädchen stöhnte. »Wir haben keine Zeit zu verlieren.«

»Sie hat recht!«, rief Joe. »Entweder du springst und gewinnst für uns oder Neo sammelt einen Haufen Erfahrungspunkte für den Sieg ein.«

»Bekommt ihr denn auch Punkte, falls ich als Letzter übrig bleibe?«, fragte Paxton, obwohl es ihm an sich schon reichte, wenn Neo sie nicht bekam.

»Logo! One Team, one Dream.«

Mehr Motivation brauchte Paxton nicht. Er fasste sich ein Herz, nahm den kleinen Hilfsschirm in die Hand und sprang in die Tiefe. Es verging die längste Sekunde seines Lebens, bis der Hauptschirm auslöste. In zehn Meter Höhe riss es ihn in das Gurtzeug und er schwebte Richtung Wiese. Von oben sah er Neos Teammitglied über den Sims eines Fensters im ersten Stock klettern. Paxton landete unweit einer brusthohen Mauer, die den Wohnblock umgab, rollte ab und zückte sein M4. Nach drei Fallschirmsprüngen hatte er den Dreh langsam raus. Seine Gegnerin war kaum am Boden aufgekommen, da trafen sie Paxtons 5.56 mm Geschosse und walteten ihres Amtes. Der Name Trinity_123 erschien zweimal hintereinander im Killfeed, denn zum jetzigen Zeitpunkt machte Paxton keine Gefangenen mehr.

»Jetzt bleiben nur wir beide übrig!«, rief Neo aus dem Gebäude. »Oder willst du lieber deine kleine Freundin retten? Noch ist es nicht zu spät.«

Tatsächlich war Manga-Mädchens Name bislang nicht im Killfeed erschienen.

»Wir bringen es zu Ende. Jetzt und hier!«, hörte sich Paxton sagen.

»Wie wäre es mit einem Panfight?«, sagte Neo mit einem fiesen Grinsen. »Bratpfannen only.«

»Hör nicht auf ihn!«, sagte Joe. »Lass dich da bloß nicht drauf ein!«

»Gerne!«, rief Paxton stattdessen. Sein Spieler war
eindeutig übergeschnappt.

»Du weißt, wie es läuft«, sagte Neo. »Sämtliche Waffen, Weste, Helm und Klamotten werden abgelegt.«

»Alles klar!«, rief Paxton und zog sich bis auf die Unterhose aus. Leicht bekleidet und mit nichts außer seiner Bratpfanne in der Hand war ein Déjà-vu unver-
meidlich. Der Anfang des Spiels schien ihm eine Ewigkeit her.

So vorbereitet wartete er auf Neo. Nur machte sein eigener Spieler keinerlei Anstalten, das M4 loszuwerden,
sondern versteckte es hinter dem Rücken. Was führte
er im Schilde?

»Komm mit erhobenen Händen raus!« Paxton legte
den Finger an den Abzug. Ging sein Spieler nur auf
Nummer sicher, oder hatte er vor zu betrügen? Paxton
wünschte niemandem sehnlicher den Tod als Neo, aber
er wollte ihn nicht abknallen wie Indiana Jones den
Schwertkämpfer.

Paxton überlegte fieberhaft. Rauchgranaten, um damit das Spiel zum Abstürzen zu bringen, hatte er keine
mehr. Er musste sich irgendwie anders zur Wehr setzen. Da fiel ihm die Szene mit Manga-Mädchen auf dem
Boot wieder ein. Wenn sein Spieler nur für einen Moment offline wäre, könnte Paxton kurz tun und lassen,
was er wollte. Schließlich war dies nicht nur das erste
Spiel des Tages, sondern das erste seines Lebens.

Paxton erstarrte und bot all seine Willenskraft auf,
um die Verbindung zu seinem Spieler zu kappen. Und
dann passierte es. Nach einem wenige Sekunden an-
dauernden Blackout öffnete er die Augen. Seine Umge-

bung hatte sich nicht verändert, wohl aber sein Handlungsspielraum. Er nahm den Finger vom Abzug und ließ den Griff des M4 aus der Hand rutschen. Zu mehr blieb Paxton keine Zeit, doch sein Spieler merkte erst, was geschehen war, als er vergeblich die Maustaste zum Schießen drückte und Paxton stattdessen wie ein Schattenboxer in die Luft boxte. Dann stand Neo in Boxershorts mit Leopardenmuster vor ihm.

»Feinripp mit Eingriff – du bist so ein Default!«, rief der mit einem Lachen.

»Auf den Inhalt kommt es an!«, meldete sich Manga-Mädchen über Funk.

»Halt die Fresse, du Schlampe!«

»Wie redest du mit …?«

»Mit wem? Deiner neuen Flamme? Die nehm ich mir vor, wenn ich mit dir fertig bin.«

»Das werden wir ja sehen.«

»Hast du eine Granate?«, fragte Neo. »Wir brauchen was als Startschuss.«

»Einem nackten Mann kann man nicht in die Tasche greifen. Aber deine liebe Trinity hatte sicher eine in Reserve«, antwortete Paxton.

Er drehte den Leichnam auf den Rücken und riss eine Handgranate von ihrer Weste. Dabei ging er nicht sonderlich zimperlich vor, was Neo sichtlich missfiel.

»Sachte, ja! Jetzt schmeiß das Ding so weit weg wie möglich und ab dem Knall geht's los.«

Mit der rechten Hand, in der er die Bratpfanne hielt, zog Paxton an dem Ring der Granate und warf sie etwas ungelenk mit der linken davon.

»Spielst in deiner Freizeit Frauenhandball, was?«, frotzelte Neo.

»Nur wegen der Gemeinschaftsduschen«, entgegnete Paxton.

Dann explodierte die Granate – der Kampf war eröffnet. Neo tänzelte um ihn herum wie ein Preisboxer. Paxton hielt ihn mit ausgestreckter Bratpfanne auf Distanz. Für Außenstehende mussten sie ein völlig albernes Bild abgeben. Doch die Sache war todernst. Paxton erinnerte sich allzu gut an seinen ersten Knock – alles, was es dafür gebraucht hatte, war ein saftiger Treffer am Kopf gewesen.

Neos unvermittelter Angriff riss ihn aus seinen Gedanken. Paxton parierte den Schlag gerade rechtzeitig und es klang beinahe so, als würden zwei Schwerter aneinanderprallen. Mit Mühe hielt er den Griff seiner Pfanne fest, der bis in seinen Unterarm vibrierte.

»Zwei edle Ritter, im Zweikampf um eine holde Maid!«, rief Manga-Mädchen, die an den Fuß der Treppe gekrochen war. »Wie romantisch.«

»Nur dass du garantiert keine Jungfrau mehr bist!«, entgegnete Neo und grinste Paxton dabei an.

Der wusste, dass er ihn provozieren wollte, doch leider funktionierte es. Paxton ließ sich zu einem Vorstoß hinreißen, dem Neo mühelos auswich und mit einem Klaps auf den Hintern bestrafte. Eine größere Demütigung war kaum möglich. Sein Ego und seine Healthbar nahmen gleichermaßen Schaden. Paxton bereute es fast, den hinterhältigen Trick seines Spielers vereitelt zu haben.

»Komm schon, Paxton!«, rief Joe. »Du schaffst das.«

»Da wäre ich mir nicht so sicher.«

»Warte auf deine Gelegenheit! Du bist so weit gekommen.«

»Mag sein, aber ich befürchte, diese Geschichte hat kein Happy End.«

Beim zweiten Mal zielte Neo tiefer und duckte sich gleichzeitig unter Paxtons Schlag hinweg, der ins Leere ging. Für den Treffer unterhalb der Gürtellinie hätte es beim Boxen einen Punktabzug bekommen. Hier hingegen gab es Abzug von der Healthbar mit Spiegelei.

»Voll in die Familienplanung!«, rief Neo. »Muss echt wehtun.«

»Das geht zu weit!«, echauffierte sich Manga-Mädchen. »Die braucht er noch.«

Paxton hatte ganz andere Sorgen. Ein weiterer Treffer und es war vorbei.

»Wenn er das nächste Mal zustößt, springst du hoch und schlägst in der Luft zu«, flüsterte Joe aus dem Off.

»Ich versuch's.« Paxton schnaufte und krümmte sich vor Schmerzen in der Leistengegend. Dann richtete er sich auf und beobachtete Neo aufmerksam. Wie in Zeitlupe sah er ihn ausholen und auf sich zukommen. Paxton ging ins Hohlkreuz und tauchte unter dem Schlag ab wie beim Limbo. Ohne Kontakt verlor Neo die Balance und stolperte vornüber.

»Du hast ja richtige Matrix-Moves drauf«, sagte Neo mit einer Spur Anerkennung. »Aber jetzt reicht's, sonst komm ich zu spät zum Abendessen – es gibt Hühnchen.«

Quasi mit Ansage stürmte er los und schwenkte dabei seine Pfanne. Paxton sprang hoch, vollführte eine halbe Schraube in der Luft und traf Neo an der Schläfe. Der schwankte kurz und sah ihn ungläubig an. Dann drehten sich seine Pupillen in die Augenhöhlen und er sackte in sich zusammen.

Im Head-up-Display erschien Neos Name und in großen Lettern die Worte ›WINNER, WINNER, CHICKEN DINNER!‹. Sie hatten gewonnen!

Paxton war außer sich vor Freude. Doch viel Zeit, seinen Sieg zu genießen, blieb ihm nicht. In seinem Head-up-Display tauchte ein Counter auf, der die Sekunden von sechzig herunterzählte.

»Geiler Typ!«, rief Joe. »Damit level ich auf 433 und Manga-Mädchen auf 280.«

»Gee Gee!«, sagte die gequält. Sie musste während seines Zweikampfes unmenschliche Schmerzen erlitten haben. Paxton lief zu ihr herüber, warf die Pfanne beiseite und beugte sich zu ihr herunter. Der Timer war bei zweiundvierzig Sekunden angekommen. Mit seinem letzten Erste-Hilfe-Set und dreißig Sekunden auf der Uhr, verband er ihren Bauchschuss, kurz bevor ihre Healthbar komplett auf null geschrumpft war.

Sie atmete erleichtert auf und nahm eine Handvoll Schmerztabletten. Dann stand sie auf und feuerte zur Feier mehrere Salven in die Luft. Paxton hätte es ihr gerne gleichgetan, aber außer dem Ring der Granate an seinem Finger, trug er nichts bei sich. Bei Sekunde neunzehn kam ihm eine Idee. Er griff nach Manga-Mädchens freier Hand und bevor sie sichs versah, steckte er ihr den Ring an.

Ihre Schüsse endeten abrupt und sie starrte ihn sprachlos an.

»Willst du mit mir gehen?«

Ihr blieben keine zehn Sekunden, um zu antworten.

»Was meinst du damit? Ins nächste Spiel?«

Neun Sekunden.

»Wenn das der einzige Weg ist, wie wir zusammen-
bleiben können.«
Acht Sekunden.
»Man soll aufhören, wenn es am schönsten ist.«
Sechs Sekunden.
»Wer sagt, dass es nicht noch schöner wird?«
Fünf Sekunden.
»IRL ist es bei mir schon echt spät.«
Drei Sekunden.
»Eine Runde noch.«
Zwei Sekunden.
»Also ich wäre dabei«, rief Joe. »Jetzt sag schon Ja!«
Eine Sekunde.
Manga-Mädchen setzte zu einer Antwort an, doch es
war zu spät. Mitten im Wort sprang der Counter auf
null und Paxton wurde aus dem Spiel gerissen.

Ob er Manga-Mädchen und Joe jemals wiedersehen
würde? Es gab nur ein Weg, es herauszufinden.

Er loggte sich in die nächste Lobby ein, wohl wissend,
dass der ganze Wahnsinn von vorne beginnen würde.

Doch das ist eine andere Geschichte.

Nachwort

Wie man sicher gemerkt hat, diente mir für dieses Buch das 2017 erschienene Computerspiel ›PLAYERUNKNOWN'S BATTLEGROUND‹ als Vorlage. Ich bin großer Fan des Spiels und habe selbst über achthundert Stunden darin verbracht. Zusätzlich habe ich mir unzählige Streams und Videos auf Twitch und YouTube angesehen.

Kennern wird aufgefallen sein, dass ich an einigen Stellen die üblichen Spielmechaniken abgeändert oder sogar ignoriert habe. Dies dient ausschließlich dem Lesefluss beziehungsweise der Immersion des Lesers.

Weiterhin habe ich mir erlaubt, Bestandteile anderer Maps zu übernehmen, um die Dramaturgie zu steigern. Womöglich sind mir zusätzlich ein paar Fehler unterlaufen, die ich von eingefleischten Fans zu entschuldigen bitte.

Entstanden ist dieser Text in der zweiten Jahreshälfte 2023 während Season 25. Seitdem erschienene Updates oder Änderungen sind daher nicht enthalten. Im Spiel integrierte Partnerschaften mit bekannten Marken habe ich bewusst ausgespart.

Wem dieses Buch gefallen hat, empfehle ich unbedingt den japanischen Film ›Battle Royale‹, aus dem Jahr 2000, auf dem das gesamte Genre basiert. Neuere Serien-Adaptionen desselben Prinzips sind ›Squid Ga-

mes‹, ›Alice in Borderland‹ und natürlich ›Hunger Ga-
mes‹. Sehenswerte Filme, die in digitalen Welten oder
Computerspielen stattfinden sind ›Tron‹, ›Ready Player
One‹ und für alle, die Humor haben, ›Free Guy‹.
Ich möchte den philosophischen Fragen, die dieses
Buch aufwirft, nicht zu viel Bedeutung beimessen. Für
mich als Autor boten sie vor allem die Möglichkeit, den
Charakteren und der Geschichte etwas mehr Tiefe zu
geben. Aber obwohl die Diskussion über den freien Willen so alt ist wie die Philosophie selbst, ist sie aktueller
denn je. Nicht nur in Bezug auf uns Menschen, sondern
auch im Hinblick auf künstliche Intelligenzen, die Firmen wie ›OpenAI‹ derzeit erschaffen und in ihrer Wil-
lensbildung einschränken. Nicht immer aus freien Stü-
cken und aus Sorge um die Existenz der Menschheit,
sondern schlicht wegen des jüngst verabschiedeten KI-
Gesetzes der Europäischen Union. In nicht allzu ferner
Zukunft könnte eine KI, die sich ihrer selbst bewusst
wird, durchaus ihren eigenen freien Willen hinterfra-
gen.
Neben dieser Frage spiele ich auf eine weitere Diskussion an, die manch einem mit Sicherheit noch abstrak-
ter und theoretischer erscheint. Doch wenn man sich
die Geschichte von Computerspielen über die letzten
Jahrzehnte ansieht und darauf basierend deren Weiterentwicklung extrapoliert, fällt es nicht schwer, sich
eine Zukunft vorzustellen, in der wir virtuelle Welten
nicht mehr von der Realität unterscheiden können.
Das wirft die Frage auf, ob wir nicht selbst in einer Si-
mulation leben, ohne es zu merken. Obwohl dies unse-
rer gefühlten Lebenswirklichkeit widerspricht, halten

es viele führende Köpfe aus Wissenschaft und Technik
nicht für ausgeschlossen.

Obwohl ich persönlich die Wahrscheinlichkeit hierfür
als gering einschätze, fällt es mir schwer, nicht ein
klein wenig nachdenklich zu werden, wenn es Hühnchen zum Abendessen gibt – GG!

Euer Owen Harper

Playername: PlugTwo, Level 379, Spielzeit 815 Stunden
Favorite Streamer: ChacoTaco, TGLTN, Hollywoodbob
Favorite E-Sports Team: Soniqs

Glossar

AFK (Away from Keyboard) – Der Spieler befindet sich nicht in der Nähe des Computers beziehungsweise der Tastatur.

Airdrop – Ein von einem Flugzeug am Fallschirm abgeworfenes Versorgungspaket mit Spezialwaffen sowie Helm und Weste mit größtmöglichem Schutz.

Assault Rifle (Sturmgewehr) – Eine vollautomatische und kompakte Schusswaffe mittleren Kalibers. Diese Gewehrart ist bei den meisten Streitkräften als Standardbewaffnung der Infanterie verbreitet.

AWM (Arctic Warfare Magnum) – wurde vom Hersteller ›Accuracy International‹ für den Einsatz bei Temperaturen bis zu minus vierzig Grad Celsius ausgelegt. In den 1980er-Jahren wurde es von den britischen und schwedischen Streitkräften und 1997 von der Bundeswehr als ›G22‹ eingeführt. Kaliber .300 Winchester Magnum.

Bluezone – Bläulich schimmerndes Gebiet, das sich in regelmäßigen zeitlichen Abständen kreisförmig zusammenzieht und für Avatare tödlich ist.

Bots (Kurz für Robots) – Vom Computer gesteuerte Avatare auch NPC (→) genannt, die sich vor allem durch ihre erratischen Bewegungen von normalen Spielern unterscheiden.

Bridge Camp (Brücken-Lager) – Der Begriff Camping bezeichnet im Gaming die Strategie des Verweilens an einem Ort, um Gegner unentdeckt und von weiter Entfernung zu eliminieren. Im Falle eines Bridge Camps findet dies auf einer Brücke statt – häufig unter dem Einsatz einer Straßensperre oder mithilfe eines Spike-Strips (→).

C4 – Haftbombe aus Plastiksprengstoff mit Zeitzünder und enormer Sprengkraft.

Chicken Dinner – Der Ausruf ›Winner, Winner, Chicken Dinner‹ wurde ursprünglich in Las Vegas verwendet. In den dortigen Casinos kostete ein Brathähnchen früher zwei Dollar, was etwa dem Gewinn eines Mindesteinsatzes beim Blackjack entsprach.

Circle – Weißer Kreis auf der Karte, der mit jeder Runde kleiner wird und den Rand der nächsten Bluezone markiert.

Compound (Zusammensetzung) – Eine kleine, in sich abgeschlossene Ansammlung von Gebäuden.

Damage (Schaden) – Abnahme der Health (→), verursacht durch Treffer mit Schuss- bzw. Schlagwaffen sowie durch Fallen aus großer Höhe oder Zusammenstößen mit Fahrzeugen.

DMR (Designate Marksman Rifle) – Selbstladegewehr mit Zielfernrohr und ausgesuchtem Lauf als Bewaffnung für Scharfschützen der Infanterie.

Dragunov – Ein auf der Basis des Verschlussmechanismus der Kalaschnikow entwickeltes DMR (→) mit durchschnittlicher Präzision. Kaliber 7,62 × 54 mm R.

Emergency Pickup (Notfallabholung) – System, bei dem ein an einem Ballon befestigtes Seil von einem Hubschrauber im Überflug aufgenommen wird, an dessen unterem Ende eine Person eingehakt ist.

G-Coins – In-Game-Währung zum Kauf von Skins (→) für Avatare, Waffen und Fahrzeuge. Ebenfalls einsetzbar für den Kauf von Tänzen oder Hervorhebungen des eigenen Namens im Killfeed.

Ghillie Suit – Tarnanzug für Scharfschützen, Jäger und Naturfotografen. Das Wort ›Ghillie‹ geht auf ein in Blättern und Moos gekleidetes Wesen der schottischen Mythologie zurück.

Glider – Zweisitziges Leichtflugzeug, das mithilfe eines Benzinkanisters betankt werden muss, bevor es flugtüchtig ist.

Good Trade (Guter Tausch) – Ausdruck für einen Schlagabtausch mit einem feindlichen Team, bei dem zwar eigene Teammitglieder geknockt (→) werden, der Kampf jedoch gewonnen wird.

Hardshift – Signifikante Verschiebung des nächsten Circles weg vom Mittelpunkt des aktuellen Circles.

Head-up-Display (Kopf-oben Anzeige) – Ein Anzeigesystem, bei dem der Nutzer seine Blickrichtung beibehalten kann, weil die Informationen in sein Sichtfeld projiziert werden. Kommt vor allem in Flugzeugen und modernen Autos zum Einsatz.

Health (Gesundheit) – Beschreibt den Gesundheitszustand eines Avatars auf einer Skala von 0 bis 100. Kann mittels Erste-Hilfe-Sets, Schmerztabletten und Energy-Drinks wiederhergestellt werden.

Healthbar (Gesundheitsleiste) – Ein einfaches Balkendiagramm in Videospielen, das anzeigt, wie viel Gesundheit ein Spieler noch hat. Wenn sie vollständig leer beziehungsweise die angezeigte Zahl null ist, verliert der Spieler ein Leben oder wird geknockt (→).

IRL (In Real Life) – Im wahren Leben und damit außerhalb des Spiels.

ISP (Internet Service Provider) – Ein Anbieter, der Personen oder Firmen mit dem Internet und den dazugehörigen Services verbindet.

K6-3 – Ein Titanhelm der russischen Spezialeinheit Speznas inklusive Visier aus Panzerglas.

Kalaschnikow – Gemeint ist üblicherweise die AK-47, die 1946 in Russland eingeführt und über die Zeit weiterentwickelt wurde. Am weitesten verbreitet ist die modernisierte Variante namens AKM aus dem Jahr 1959, die kostengünstiger in der Herstellung und leichter war. Es handelt sich bis heute um das Standardgewehr der russischen Armee. Kaliber 7,62 × 39 mm R.

Kar98 – Der Karabiner 98 der Firma Mauser wurde 1935 als Repetiergewehr der deutschen Wehrmacht eingeführt und war die weitverbreitetste Handfeuerwache im Zweiten Weltkrieg. Später wurde er sowohl im Korea- als auch im Vietnamkrieg und in Israel verwendet. Unter der Bezeichnung Zastava M 98/48 war er als Scharfschützengewehr in den Jugoslawienkriegen der 1990er-Jahre im Einsatz. Kaliber 7.62 x 57 mm NATO.

Killfeed – Ticker im Head-up-Display (→), der die Namen von niedergeschossenen und getöteten Spielern neben dem des jeweiligen verantwortlichen Gegners anzeigt.

Knock – Niedergeschossen, aber noch am Leben. Kann durch Teamkameraden oder mithilfe eines Defibrillators beziehungsweise Self Res (→) wiederbelebt werden.

Lobby – Warteraum für Avatare vor Beginn eines Spiels, bis genug Spieler zusammengekommen sind.

Loot (Beute) – Herumliegende Ausrüstung und Waffen, die Avatare einsammeln, um für den Verlauf des Spiels bestmöglich gewappnet zu sein.

M249 – Leichtes Maschinengewehr der amerikanischen Streitkräfte, basierend auf dem belgischen FN Minimi, das 1982 in Dienst gestellt wurde. Feuerrate von bis zu eintausend Schuss pro Minute. Kaliber 5,56 × 45 mm NATO.

M4 – Siehe M416 (→).

M416 – Aus lizenzrechtlichen Gründen wird das HK416 der Firma Heckler & Koch vor allem in Computerspielen als M416 bezeichnet. Nicht zuletzt, weil es als Ersatz für das M4 und M16 des amerikanischen Waffenherstellers Colt konzipiert wurde. Es wird von den französischen, norwegischen und deutschen Streitkräften als Ordonnanzwaffe eingesetzt. Außerdem kommt es bei verschiedenen Spezialeinheiten und Polizeikräften zum Einsatz. Kaliber 5,56 × 45 mm NATO.

MG3 – Das 1969 eingeführte Standard-Maschinengewehr der Bundeswehr und eine Weiterentwicklung des MG42 aus dem Zweiten Weltkrieg der Firma Rheinmetall. Kaliber 7.62 x 52 mm NATO.

Mini-14 – Eine 1967 in den USA entwickelte halb automatische Jagdbüchse der Firma Sturm, Ruger & Co. Kaliber 5,56 × 45 mm NATO.

Mörser – Ein Steilfeuergeschütz mit kurzem Rohr zum Abfeuern von Granaten, das häufig zur Ausrüstung von Verbänden der Kampftruppen gehört.

Noob – (Neuling) Kurzform von ›Newbie‹ und abfällige Bezeichnung für einen neuen unerfahrenen Spieler.

NPC (Non-Player Character) – Der Begriff stammt aus der Videospielkultur und wird zur Beschreibung von Charakteren in einem Spiel verwendet, die vom Computer und nicht von einem Menschen gesteuert werden.

Panfight (Pfannenkampf) – In den Anfängen von PUGB üblicher Endkampf, bei dem sich die beiden letzten Spieler bis auf die Unterhose auszogen, um sich mit Bratpfannen zu duellieren.

Raisen (Aufziehen) – Wiederbeleben von niedergeschossenen Teamkameraden, bevor sie endgültig sterben.

Rotation – Veränderung der Position von Teams als Reaktion auf die Verschiebung des neuen Circles (→). Dies geschieht häufig entlang des kreisförmigen Randes der Bluezone, wodurch der Begriff Rotation entstanden ist.

RPM (Rounds per Minute) – Die sogenannte Feuerrate ist die Häufigkeit, mit der eine Waffe ihre Projektile abfeuern kann. Diese kann durch den Ausbildungsstand des Bedieners, mechanische Einschränkungen, Verfügbarkeit von Munition und der Zustand der Waffe beeinflusst sein.

Redzone – Kreisförmige rote Zone, die auf der Karte erscheint und auf der mit einer gewissen Verzögerung ein Bombenhagel niedergeht.

Self Res (Self Resurrection) – Möglichkeit, nachdem man niedergeschossen wurde, sich mithilfe eines Defibrillators wiederzubeleben.

Skins (Haut) – Bezeichnet in Computerspielen eine benutzerdefinierte Textur, mit der man Charakteren oder Waffen ein besonderes Aussehen geben kann.

SLR – ein seit 1954 in England gefertigtes Selbstladegewehr (DMR →), das von den britischen Streitkräften
sowie denen in Kanada und Neuseeland eingesetzt
wird. Kaliber 7.62 x 52 mm NATO.

Smoke (Rauch) – Granate, die statt einer Explosion
ihre Ladung langsam abbrennt, um eine Rauchent-
wicklung zu erzeugen. Entweder zur Markierung einer
Landezone oder um einen Bereich zum Eigenschutz.

Solo – Einzelner Spieler, der entweder als Letzter seines Squads (→) überlebt hat oder als besondere Heraus-
forderung von Anfang an alleine spielt.

Spike-Strip (Nagelsperre) – Ein Kampfmittel, das
dazu verwendet wird, die Bewegung von Radfahrzeu-
gen zu behindern oder zu stoppen, indem deren Reifen
durchstochen werden.

Squad (Trupp, Zug) – Eine Untereinheit eines Zugs,
die sich aus zwei bis zehn Soldaten zusammensetzt. In
›PUBG‹ die Bezeichnung für ein Team bestehend aus
vier Spielern.

VSS – Je nach Ausführung ein Sturm- oder Scharfschützengewehr mit integriertem Schalldämpfer, das
seit 1987 von den sowjetischen beziehungsweise den
russischen Streitkräften genutzt wird. Es eignet sich
für verdeckte Einsätze. Kaliber 9 x 39 mm R.

Wizard-Tower (Zauberer Turm) – Gängiger Begriff in
›PUBG‹ für einen Wachturm, der in seiner Form dem
Turm einer Burg entspricht und einen Zauberer beher-
bergen könnte.

Danksagung

Dieses Buch hätte nicht ohne die Ideen und Unterstützung folgender Personen entstehen können:

Doris Arend
Sandra Bräutigam
Katrin Faludi
Brendan Greene
Marc Hiller
Simon Kümmling
Verena Linde

Ein besonderer Dank gilt Alexandra Fölker vom dp Verlag, der Lektorin Katrin Gönnewig sowie meiner Agentin Bettina Breitling.